watanabe shoichi

渡部昇一

幸田露伴の語録に学ぶ自己修養法

致知出版社

はじめに——幸田露伴との幸福な出会い

私の頭の一部となった『努力論』

幸田露伴《こうだろはん》（一八六七〜一九四七年）の名前を初めて知ったのは、旧制中学の二年生のときの教科書であったはずである。今から考えると、そこに掲載されていたのは『長語《ちょうご》』の中の一話であった。

初めて露伴を読んだときの印象は芳《かんば》しいものではなかった。言い回しが難しく、ピンとこなかったのである。たとえば、露伴は沈黙の徳を教えるに「宗廟《そうびょう》そもそも何を語って人敢《あえ》て瀆《けが》さざるや」というような言い方をする。これが「沈黙は尊い」ということをいおうとしていることはわかるのだが、その例として先祖の墓を引き合いに出す理由がわからなかった。こういうところに回りくどさ、とっつきにくさを感じ、そのときは露伴に傾倒することはなかったのである。

ところが大学三年になり、私は再び露伴と相対することになるのである。それは、教育学の神藤克彦先生のお宅に遊びに行ったことがきっかけであった。神藤先生は同じキャンパス内にお住まいになっていたこともあって、私たち学生はしばしばお宅を訪問させていただいていた。先生ご自身も気さくな方であり、今の教授連とは違って、学生が来ればいつでも「まあ上がれ」といって話し相手となってくださった。

いつものように遊びにうかがって話をしているとき、たまたま幸田露伴の話が出たのである。そのときの私は、第一印象の悪さもあって露伴の熱心な読者ではなかったし、小説にしても『五重塔』を読んでいるといった程度であった。ところが神藤先生は「それは君ね、露伴はなんといったって『努力論』だよ。それから『修省論《しゅうせいろん》』がいい」と熱心にお話しになるのである。先生がそういわれるのならと、私はさっそく神田に行って『努力論』を購入し、読んでみることにした。一読してみて、「これは！」という感じがあった。「これこそ一生座右に置ける本だ」と直感したのである。

実際、それからのち、私は『努力論』を座右に置いて、数え切れないほど読み返すことになった。少なくとも私が五十になる頃までは、一、二年に一度は必ず読み返していたほどである。そして、何度読んでも裏切られることがなかった。この本がなかりせば、物の観察の仕方にせよ、考え方にせよ、随分自分が違っていただろうなとさえ思うほど強い影響を受けることになったのである。

そういう経緯があり、今度は私が神藤先生に代わって、学生たちに『努力論』を読むように勧めるようになった。ところが、『努力論』は長らく絶版となっており、手に入らないという状況にあった。また、古書店や図書館でようやく見つけて読んでみても、わからないという学生が大半であった。「英語より難しいです」というのである。確かに、私たちは旧制中学ですでに漢文を学んでいたし、私自身は小学校のときから漢文を読み始め、大学までずっと漢文をやっていたから多少読める。それでも露伴の文章は決してやさしくはない。なるほど、これは今の学生にしてみれば英語やドイツ語よりも難しいと感じるのは無理もないかもしれない。

それならばと私は『努力論』を翻訳してみることにした。翻訳してみてわかったことは、露伴の文体は今の翻訳には乗りにくいということであった。非常に豊富な語彙《ごい》を持っている露伴は、同じことを別の漢語を使って畳みかけるようにして書く。原文を読むと、それが迫力となり魅力となっているのだが、翻訳してしまうと同じことの繰り返しにすぎないのである。だから、非常に訳しづらい。それでも、そういう重複は省いて翻訳したこともある（『人生、報われる生き方――幸田露伴「努力論」を読む』三笠書房）。

露伴の『努力論』と『修省論』、とくに『努力論』は私自身の頭の一部になった本である。それゆえに、なるべく多くの方に読んでいただきたいと思っている。そういう気持ちで、講演のときなども「惜福《せきふく》・分福《ぶんぷく》・植福《しょくふく》」の話を取り上げたりしている。すると、人生における百戦錬磨《れんま》の強者《つわもの》のような中小企業経営者の方たちが非常に感動してくださるのである。

これらの経験を踏まえて思ったのは、むしろ緻密《ちみつ》な翻訳といった世界から離れて、露伴の言葉の中から私が気に入ったものを選び、その真意が伝わるように前後の物語などは適度に割愛しながら私流に訳し、そこに現代的な例をつけ加えるような形にして紹介してはどうかということであった。そのほうがむしろ、露伴の意に沿えるのではないかという考えに至ったのである。教養の体系がすっかり変わってしまった今、このような方法でもとらなければ、露伴のエッセンスを伝えることはできないのではないか。何よりも大切なのは伝えることであるから、そのために一番いい方法をとるのがいいという気持ちになったのである。

修養書として露伴を読む意味

私は、推薦図書を問われると二言目には必ず露伴といってきているのだが、露伴の研究者たちは、小説は評価するものの随筆については目を向けないという傾向が強いように思う。たとえば東大の先生で亡くなられた独文学者の故・篠田一士先生は大変露伴を買っておられたようだが、その評価は小説にとどまっている。しかし私にいわせれば、露伴の小説というのは、露伴という人格の一部が染み出して発露したものであって、小説をもって露伴を見るのは象の鼻を見て象とするというような感じがしないでもない。露伴にとっての象全体とは何かといえば、たとえば若い頃の随筆であれば『靄護精舎雑筆《あいごしょうじゃざっぴつ》』や『努力論』であると思うのである。これらのものにこそ、露伴が一番よく現れていると感じるのである。したがって、これらを読まなければ露伴を読んだことにはならないと思うわけである。

これらの本は一種の修養書であるといってもいい。ところが近代の教養主義は、修養という言葉を嫌がる傾きがある。それは修養が立身出世の一手段と考えられるようになったからであろう。しかし露伴の頃は修養は非常に重要なことであり、大学でも倫理学が最も人気のある学科といわれていた。たとえば新渡戸稲造《にとべいなぞう》博士（一八六二〜一九三三年）は、現在は『武士道』という本を書いたことで知られるが、当時の日本では、新渡戸稲造博士の主著は『武士道』ではなく『修養』であると考えられていた。そのように修養書が人々に受け入れられていた時代があったのである。

現代の知識人の多くが、人間を論ずるときに、その修養的な面を省いて考えようとする傾向が強いように私には感じられる。それはなぜか。私が思うのは、早い時期に人生の出世街道に乗ったような人は修養で苦しむことがなかったからではないか、ということである。たとえば文科系であれば、東大のような有力な大学、有力な先生がいる学校で優秀な成績を挙げれば、しかるべき大学の先生になる道は自然に開かれている。官吏になるにしても、法学部を出れば出世する道はおおよそ決まっている。このように先に敷かれているレールがはっきりと見えているような人にとっては、自分をどのように高めるかという問題は二の次になってしまうのではないかと思うのである。

考えてみると、私に『努力論』を勧めてくださった神藤先生は、旧制中学を修了したあと、家庭の事情で上の学校に進めず、しばらくご実家の仕事をされていたそうである。しかし、向上心已《や》み難く、その後、広島高等師範、広島文理大と授業料のいらないコースを進まれたのである。旧制中学を出て、それ以上の進学はできないという状況の中で、これからの自分の将来の人生をどうするかと神藤先生の立場に立って考えてみると、私にはどうしても一定のコースに乗った自分の将来の人生像が浮かばないのである。そんな自分をどうするかを考えるためには、古今の偉人の話からヒントを得て、自分なりに考えるより仕方がない。多くの人間には、そういう時期が必ずあるのではないのだろうか。

私は露伴自身もそうだったと思うのである。露伴は、中学では夏目漱石と同じクラスにいたこともあるといわれている。漱石は、その後一高から東大に進んで、第一回の文部省留学生になってイギリスへ留学する。人生の出世街道をひた走ったわけである。ゆえに、漱石の書いたものには自分がどのように修養をしたかという話がないしいていえば、良寛の詩が好きだったという話がある程度である。

一方の露伴は、学歴といえば、中学を出たあとは電信技術系の専修学校のようなところで学んだだけである。その後、行李《こうり》にいっぱい本を詰め込んで北海道に渡って、電気関係の仕事に就く。おそらくは電線を張るような仕事だったと思われる。しかし、持ってきた本をすべて読んでしまい、「いつまでもこんなことをしてはいられない」という焦燥が高まって我慢ならなくなった。そこで仕事をやめ、連絡船に乗る金だけを持って青森に渡り、青森からは歩いて東京へ帰るという壮絶な体験をしている。それこそ餓死寸前のところまでいくのである。このあたりのことは『突貫《とっかん》紀行』に書かれているが、このときに野宿をして露を伴って寝たというので〝露伴〟とつけた。そうという体験があったからこそ、露伴は修養の重要性を知り、説いたのであろう。

私が上智大学に入学したとき、上智は学生が四、五百人ぐらいの、今なら塾ぐらいの規模の学校だった。神父さんの分野で見ると、立派な神父さんが出たのではないかと思うのだが、卒業生では世間的に知られた人は一人もいなかった。わかりやすい例を挙げれば、どこの学校でも同窓会長というのは卒業生の出世頭のような人がなるものだが、その頃の同窓会長は三井銀行で支店長をしていた人であった。そういう人が俗世間における上智大学の出世頭であったわけである。学界においても、英文科の先生が翻訳を一、二点出していたという程度のものだった。したがって、卒業生を見て、自分にはこの道があるという見当をつけることは全然できなかった。神藤先生のように、それから露伴のように、自分で本を読んで自分の人生を考えるというコースしかなかったのである。しかし私は、それが自分の人生を非常に豊かにしてくれたように思う。ゆえに私は、大学の教師になってからも、しきりにそのようなことを書くようになったのである。

あるとき東大の平川祐弘《すけひろ》先生が私の随筆を読んでくださって、そこで私が紹介していた本を取り上げて「なかなか珍しいものがあっていいが、修養的なことは余計な話だ」というようなことを述べられたことがある。平川先生が修養的なものは余計だとおっしゃるのは、私にはよくわかる。平川先生は、本当に立派なコースにお乗りになった方である。こういう方は、露伴や神藤先生や私のような形での人生への向かい方はしないのである。

ところが、現実には平川先生のような出世コースに乗った生き方ができる方は少数であり、大多数の人間は常に自分で工夫をし、自分で努力をし、自分で修省しながら人生を送らざるをえない。だからこそ、露伴を読み、露伴に学ぶことがあるのである。

百年に一人の頭脳を持つ露伴の影響力

露伴が亡くなったときに、慶應義塾塾長の小泉信三《しんぞう》先生は「百年に一人の頭脳を失った」というようなことを新聞にお書きになった。実際に露伴を繰り返し読んでみると、確かに百年に一人の頭脳であったと思う。しかも、その百年に一人の頭脳に、露伴は三十前後のときに達しているのである。彼の本には無数の経典や漢文からの引用がある。経典については我々が知らないのは普通だとしても、漢文についても全く名前も知らないような本からの引用に満ちている。

漢字学の第一人者白川静先生も若い頃に露伴の『幽情記』を読み、「そこに引用されている漢詩の多くが、それまでの読書界に知られていないものであったことに大きな感銘を受けた」と私に語られたことがある。

露伴のお母さんは、若き鉄四郎（露伴は若い頃、鉄四郎という名前だった）の本を読むところを見て、「この子はただ者ではない」といっていたそうであるが、まさにただ者ではなかったのである。

露伴の兄弟は立派な人たちばかりである。一番上の兄の郡司《ぐんじ》大尉は千島探検を行った人であり、弟の成友《しげとも》は大阪大学の教授となり近世日本史の大家になった。二人の妹は音楽家で、いずれも留学して、のちに芸術院会員になったという、とてつもないきょうだいたちである。そのきょうだいの中でも、露伴は特別な存在だったようで、みんな露伴の前に出るとかしこまっていたそうである。こうしたことから推察すると、露伴という人は、近くにいるとさらにその偉さがわかるというような人物であったと思えるのである。

露伴は京都大学に講師として呼ばれていったことがある。当時の京都大学には、内藤湖南《こなん》のように学歴のない人を講師にするという特別な学風があった。しかし、露伴は一年ぐらいでやめて東京に帰ってきてしまう。その理由は「自分は釣りが好きだが、鴨川と利根川とでは比べものにならない」というなんともユニークなものであった。そういって帰ってきてしまうところには露伴の豪快な一面が垣間見える。

こうして東京に戻った露伴は、残りの人生を自分の勉強に費やした。露伴は最後まで小説を口述していたが、それも名作であった。文化勲章ももらっている。それから娘の幸田文《あや》さんは岩波書店から全集が出るほどの作家となった。これは、晩年の露伴によく仕えて、露伴のものを吸収したとしかいいようがないという感じを受ける。その傍《かたわ》らにいるだけで影響を受けてしまうような人、魅力を感じてしまう人、それが幸田露伴という人物だったのではなかったろうか。

我々は残念ながら露伴に会うことはできない。しかし、私は長年露伴を読んできて、多少なりとも露伴のことがわかったような気がするのである。そして、私が理解したところの露伴をわかりやすい言葉で、なるべく多くの読者に伝えたいと思うのである。露伴を後世に伝えること、これはまさに露伴のいうところの植福なのではないか、そういう思いも私にはあるのである。

目次

第二章 豊かな富を育てる方法

第三章　学ぶ者のための上達の極意

第四章　可能性を引き出す教え方・教わり方

第五章　気の仕組みを人生に活かす

第六章　今、日本に求められる修養の力

編集協力　柏木孝之
装　丁　川上成夫

第一章

自己実現を果たすための物の見方・考え方

1

失敗を受け止めることが成功への道をつくる

聰明《そうめい》な觀察者《かんさつしゃ》となり得《え》ぬまでも、注意深《ちゅういぶか》き觀察者《かんさつしゃ》となつて、世間《せけん》の實際《じっさい》を見渡《みわた》したならば、吾人《ごじん》は忽《たちま》ちにして一《ひとつ》の大《だい》なる灸所《きゅうしょ》を見出《みいだ》すことが出來《でき》るで有《あ》らう。それは世上《せじょう》の成功者《せいこうしゃ》は、皆自己《みなじこ》の意志《いし》や、智慮《ちりょ》や、勤勉《きんべん》や、仁徳《じんとく》の力《ちから》によつて自己《じこ》の好結果《こうけっか》を収《おさ》め得《え》たことを信《しん》じて居《お》り、そして失敗者《しっぱいしゃ》は皆《みな》自己《じこ》の罪《つみ》では無《な》いが、運命《うんめい》の然《しか》らしめたが爲《ため》に失敗《しっぱい》の苦境《くきょう》に陥《おちい》つたことを嘆《たん》じて居《い》るといふ事實《じじつ》である。即《すなわ》ち成功者《せいこうしゃ》は自己《じこ》の力《ちから》として運命《うんめい》を解釋《かいしゃく》し、失《しっ》敗者《ぱいしゃ》は運命《うんめい》の力として自己《じこ》を解釋《かいしゃく》して居《い》るのである。

此《こ》の兩個《りょうこ》の相反對《あいはんたい》して居《い》る見解《けんかい》は、其《そ》の何《ど》の一方《いっぽう》が正《ただ》しくて、何《ど》の一方《いっぽう》が正《ただ》しからざるかは知《し》らぬが、互《たがい》に自《みずか》ら欺《あざむ》いて居《い》る見解《けんかい》で無《な》いには相違無《そういな》い。成功者《せいこうしゃ》には自己《じこ》の力《ちから》が大《おおい》に見《み》え、失敗者《しっぱいしゃ》には運命《うんめい》の力《ちから》が大《おおい》に見《み》えるに相違無《そういな》い。

川《かわ》を挾《はさ》んで同《おな》じ様《よう》の農村《のうそん》がある。左岸《さがん》の農夫《のうふ》も菽《まめ》を植《う》ゑ、右岸《うがん》の農夫《のうふ》も菽《まめ》を作《つく》つた。然《しか》るに秋水大《しゅうすいおおい》に漲《みなぎ》つて左岸《さがん》の堤防《ていぼう》は決潰《けっかい》し、左岸《さがん》の堤防《ていぼう》の決潰《けっかい》した爲《ため》に右岸《うがん》の堤防《ていぼう》は決潰《けっかい》を免《まぬか》れたといふ事實《じじつ》が有《あ》る。此時《このとき》に於《おい》て、左岸《さがん》の農夫《のうふ》は運命《うんめい》の我《われ》に與《くみ》せざるを歎《たん》じ、右岸《うがん》の農夫《のうふ》は自己《じこ》の熱汗《ねっかん》の粒々辛苦《りゅうりゅうしんく》の結果《けっか》の收穫《しゅうかく》を得《え》たことを悦《よろこ》んだとすれば、其《そ》の兩者《りょうしゃ》はいづれも欺《あざむ》かざる、又誤《またあやま》らざる、眞事實《しんじじつ》と眞感想《しんかんそう》とを語《かた》つて居《い》るのである。其《そ》の相反《あいはん》して居《い》るの故《ゆえ》を以《もっ》て、左岸《さがん》の者《もの》の言《げん》と、右岸《うがん》の者《もの》の言《げん》との、那《ど》の一方《いっぽう》かゞ、虚僞《きょぎ》で有《あ》り誤謬《ごびゅう》で有《あ》るといふことは言《い》へぬのである。そして天運《てんうん》も實《じつ》に有《あ》り、人力《じんりょく》も實《じつ》に有《あ》ることを否《いな》む譯《わけ》には行《ゆ》かぬ。たゞ左岸《さがん》の者《もの》は、人力《じんりょく》を遺《わす》れて運命《うんめい》を言《い》ひ、右岸《うがん》の者《もの》は運命《うんめい》を遺《わす》れて人力《じんりょく》を言《い》つて居《い》るに過《す》ぎずして、その人力《じんりょく》や運命《うんめい》は、川《かわ》の左右《さゆう》を以《もっ》て扁行扁廢《へんこうへんぱい》して居《い》るのでは無《な》いことも明白《めいはく》である。

注意深《ちゅういぶか》き観察者《かんさつしゃ》となつて世上《せじょう》を見渡《みわた》すことは、最良《さいりょう》の教《おしえ》を得《う》る道《みち》である。失敗者《しっぱいしゃ》を観《み》、成功者《せいこうしゃ》を観《み》、幸福者《こうふくしゃ》を観《み》、不幸者《ふこうしゃ》を見《み》、而《しか》して或者《あるもの》が如何《いか》なる線綫《せんせん》を手《て》にして幸運《こううん》を牽《ひ》き出《いだ》し、或者《あるもの》が如何《いか》なる線綫《せんせん》を手《て》にして好運《こううん》を牽《ひ》き出《いだ》したかを観《み》る時《とき》は、吾人《ごじん》は明《あきら》かに一大教訓《いちだいきょうくん》を得《う》る。これは即《すなわ》ち好運《こううん》を牽《ひ》き出《いだ》し得《う》べき線《せん》は、之《これ》を牽《ひ》く者《もの》の掌《たなごころ》を流血淋漓《りゅうけつりんり》たらしめ、否運《ひうん》を牽《ひ》き出《いだ》すべき線《せん》は、滑膩油澤《かつじゆたく》なる柔軟《じゅうなん》のものであるといふ事實《じじつ》である。即《すなわ》ち好運《こううん》を牽《ひ》き出《いだ》す人《ひと》は常《つね》に自己《じこ》を責《せ》め、自己の掌《たなごころ》より紅血《こうけつ》を滴《したた》らし、而《しか》して堪《た》へがたき痛楚《つうそ》を忍《しの》びて、其《そ》の線《せん》を牽《ひ》き動《うごか》しつゝ、終《つい》に重大《じゅうだい》なる體軀《たいく》の好運《こううん》の神《かみ》を招《まね》き致《いた》すのである。何事《なにごと》によらず自己《じこ》を責《せ》むるの精神《せいしん》に富《と》み、一切《いっさい》の過失《かしつ》や、齟《そ》齬《ご》や、不足《ふそく》や、不妙《ふみょう》や、あらゆる拙《せつ》なること、愚《ぐ》なること、好《よ》からぬことの原因《げんいん》を自己一個《じこいっこ》に帰《き》して、決《けっ》して部下《ぶか》を責《せ》めず、朋友《ほうゆう》を責《せ》めず、他人《たにん》を咎《とが》めず、運命《うんめい》を咎《とが》め怨《うら》まず、たゞ〳〵吾《わ》が掌《たなごころ》の皮薄《かわうす》く、吾《わ》が腕《うで》の力足《ちからた》らずして、好運《こううん》を招《まね》き致《いた》す能《あた》はずとなし、非常《ひじょう》の痛楚《つうそ》を忍《しの》びつつ、努力《どりょく》して事《こと》に従《したが》ふものは、世上《せじょう》の成功者《せいこうしゃ》に於《おい》て必《かなら》ず認《みと》め得《う》るの事例《じれい》である。

前《まえ》に擧《あ》げた左岸《さがん》の農夫《のうふ》が菽《まめ》を植《う》ゑて收穫《しゅうかく》を得《え》ざりし場合《ばあい》に、其《そ》の農夫《のうふ》にして運命《うんめい》を怨《うら》み咎《とが》むるよりも、自《みずか》ら責《せ》むるの念《ねん》が強《つよ》く、是我《これわ》が智《ち》足《た》らず、豫想《よそう》密《みつ》ならずして是《かく》の如《ごと》きに至《いた》れるのみ、來歳《らいさい》は菽《まめ》をば高地《こうち》に播種《はんしゅ》し、低地《ていち》には高黍《たかきび》を作《つく》るべきのみ、といふやうに損害《そんがい》の痛楚《つうそ》を忍《しの》びて次年《じねん》の計《けい》を善《よ》くしたならば、好運《こううん》は終《つい》に來《きた》らぬとは限《かぎ》るまい。

各種《かくしゅ》不祥《ふしょう》の事《こと》を惹起《ひきおこ》した人《ひと》の經歴《けいれき》を考《かんが》へ檢《しら》べたならば、必《かなら》ず其《そ》の人々《ひとびと》が自《じ》己《こ》を責《せ》むるの念《ねん》に乏《とぼ》しくて、他《た》を責《せ》め人《ひと》を怨《うら》む心《こころ》の強《つよ》い人《ひと》である事《こと》を見出《みいだ》すで有《あ》らう。否運《ひうん》を牽《ひ》き出《いだ》す人《ひと》は常《つね》に自己《じこ》を責《せ》めないで他人《たにん》を責《せ》め怨《うら》むものである。そして柔軟《じゅうなん》な手當《てあた》りの好《い》い線《せん》を手《て》にして、自己《じこ》の掌《たなごころ》を痛《いた》むる程《ほど》の事《こと》をもせず、容易《ようい》に輕《かる》くして且醜《かつしゅう》なる否運《ひうん》の神《かみ》を牽《ひ》き出《いだ》し來《きた》るのである。

（『努力論』「運命と人力と」より）

幸運を自分に引き寄せる生き方の法則

この世の中は、成功者と失敗者に色分けされるものである。失敗者は失敗したいと願って失敗者になるわけではない。しかし、気がついてみると、いつの間にか自分が失敗者の側に立っていることに気づくことになる。

では、何が世の中の成功者と失敗者を分けているのだろうか。露伴はここでその法則を見出そうとする。露伴によれば、「注意深き観察《かんさつ》者となって、世間の實際《じっさい》を見渡し」てみることによって、その「灸所《きゅうしょ》」を見出すことができるというのである。露伴はどのような「灸所」を発見したのだろうか。

露伴は、成功者と失敗者には次のような特徴があるという。

世に成功者といわれる人は、自分の意志や智略や勤勉や人徳の力によって好結果を納めることができたと信じており、一方、失敗者は、自分は何も悪くはないが、運命が悪かったために失敗してしまったと嘆いている。すなわち、成功者は〝自己の力〟

として運命を解釈し、失敗者は〝運命の力〟として自己を解釈しているのである、と。
「この二つの解釈はどちらが正しく、どちらが間違っているというものではない」と露伴はいう。運命そのものの本質は誰にもわからないものだからである。しかし、運命と人間との関係については、よく観察すれば把握することができるし、それによって、ある程度の確率で運命を自分のほうに引き寄せることもできるのではないか。そして、そのようにして観察をした結果、露伴は「大きな成功を遂げた人は、失敗を人のせいにするのではなく自分のせいにするという傾向が強い」ということを発見するのである。

　露伴はこれを堤防の決壊という例を挙げながら説明している。

　川が氾濫《はんらん》して左岸の堤防が決壊し、畑が駄目になってしまった。一方、右岸の堤防は決壊を免《まぬか》れ、そこにある畑も救われた。運ということでいってしまえば、決壊した左岸に畑をつくっていた人は運が悪かったと嘆き、右岸に畑をつくっていた人は運がよかったと喜ぶことだろう。そして、普通はそこまでで終わってしまうものである。ところが、もし破れたほうの堤防側に畑をつくっていた人が、「この堤防が破れたのはなぜか」と考え、「それは自分のほうが少し低地であったからだ」と悟ることができれば、堤防をより高く築くとか、万一洪水になっても被害が少なくてすむ種類の作物をつくるなどの事後策を思いつくであろう。そして、それを実践すれば、その後の結果は多少違ってくるであろう。

つまり、失敗や不運を自分に引き寄せて考えるということを一生やり続けた人間と、それを運命のせいにして何もしない人とでは、運のよさがだんだん違ってくるのではないかというわけである。すなわち、最終的に成功した人というのは、何か失敗したとしても、人のせいにするよりは「自分がこうしたならば」と考える人なのである。部下が命令を聞き間違えて失敗をした場合などでも、「もっとこういう注意をしておいたらよかったのではないか」と反省をする人なのである。ところが、一方には、「失敗したのはあいつが悪かったからだ」とすぐに考えてしまう人もいる。こうした態度の違いは、長い間に大きな差になって、運のある人とない人の差に、つまり成功する人と失敗する人の差になって現れることになるのである。

失敗したことをどのようにとらえ、考えるか。そのときの姿勢が成功者をつくり、また、失敗者をもつくるのである。

〝手触りのいい紐〟は不幸を引き連れてくる

このような露伴の考え方は、私自身、自らの体験としてよく理解できる。私の育った家は裕福とはとてもいえず、いろいろな苦労があった。しかし、結果として悪い方向に向かうことはなく、いつもうまくまとまっていた。それは母の考え方に負うところが大きかったように思うのである。母は、誤って茶碗を蹴飛ばしたときにも「そんなところに置かなければよかった」と、必ず自分のせいにするような人であった。非常に小さな話ではあるが、これは露伴の発見した成功者の態度に合致する。こうした母の姿勢があったからこそ、我が家の平和は維持されてきたように思うのである。

物事がうまくいかなかったり失敗をしてしまったとき、「ああではなくて、このようにするべきだった」という反省の思慮を私が持てるようになったのは、この母の姿勢と露伴の「失敗をしたら必ず自分のせいにせよ」という教えの影響が大であったといえよう。

私は田舎の育ちで、末っ子で長男だったこともあり、両親から大変にかわいがられて育った。そして、そういう子どもにありがちなことだが、私にはどこか間の抜けたところがあって、よく物をなくした。そういうとき、私はその失敗を自分のせいとしてとらえることを心掛けた。そして、それを続けた。すると、どうなったか。大学院卒業後、三年数か月の留学期間中に、鉛筆一本たりとてなくさないほど注意深くなったのである。そうなってみてわかることだが、人間が注意深くなるということは、極めて重要なことである。

また、留学先のドイツでもイギリスでも、先生と非常に良好な関係を築くことができた。それは先生との関係においても、必ず自分のせいにしようと努力したことによるのである。怒られても、注意されても、不貞腐《ふてくさ》れたり歯向かおうとは絶対に思わなかった。素直に、すべてを受け入れることを心掛けた。その姿勢が先生には珍しいものと見えたのではないだろうか。大変目を掛けていただいたのである。これは露伴のお陰といっていい。何しろ私は、留学中、露伴の『努力論』を手元から離さなかったのである。

自分が教師となって学生を見ていてもわかることだが、すべてを自分のせいにして受け入れることができる学生は数少ない。それゆえ、そういう姿勢を続けていると、しばらくすると必ず先生が目を留め、気に入ってくれることになる。事実、私が留学をした昭和三十三、四年頃は、どれほどの金持ちでも私費では留学できなかった時代である。それなのに、一文も金がなかった私を応援してくれる先生が現れて、私は留学を実現できたのである。それは私が、露伴から学んだ「すべてを自分のせいにする」という姿勢を実践したからではないかと思うのである。

高い地位に就くようになると、あるいは年を取ると、こうした心掛けは忘れがちである。しかし、どういう立場になろうとも、いかに年齢を重ねようとも、「すべてを自分のせいにする」という露伴の教えは頻繁《ひんぱん》に思い出して損のない教訓である。このような姿勢の持ち主が一人でも家庭にいれば、その家庭は円満になることだろう。会社であっても、部下のせいにしない経営者、経営者のせいにしない部下がいるところは必ずうまくいっているはずである。

露伴はいう。「運のいい人が運を引き寄せるために引っ張っている紐《ひも》は、決して手触りのいい絹糸でできているわけではない。自分が傷つくような紐を引っ張っているうちに、大きな運がやってくる。すなわち、失敗はどこかに自分の思い至らないところがあったのだと辛い反省をしながらやっていると、いい運を引っ張ってくることができるのである。これとは逆に、失敗したときにすべてを他人のせいにしていると、自分が傷つくこともなく非常に気持ちがいい。それは絹で織った紐を引っ張っているようなものである。引っ張る分には手触りもいいが、引っ張られてきたものは不運であったということになるのである」と。

これは人生において後悔しないことを望む人ならば、誰でも忘れずにいたい貴重な教訓である。

2 他人の影響で自分を変えることは素晴らしいことである

自己《じこ》を新《あらた》にするにも、他《た》によるのと、自《みずか》らするのとの二《ふた》ツの道《みち》が有《あ》る。他《た》力《りき》を仰《あお》いで、自己《じこ》の運命《うんめい》をも、自己其物《じこそのもの》をも新《あらた》にした人《ひと》も、決《けっ》して世《よ》に少《すくな》くは無《な》い。立派《りっぱ》な人《ひと》や、賢《かしこ》い人《ひと》や、勢力者《せいりょくしゃ》や、黽勉家《びんべんか》や、それらの他人《たにん》に身《み》を寄《よ》せ心《こころ》を托《たく》して、そして其《そ》の人《ひと》の一部分《いちぶぶん》のやうになつて、其《そ》の人《ひと》の爲《ため》に働《はたら》くのは、即《すなわ》ち自己《じこ》のために働《はたら》くのと同《おな》じで有《あ》ると感《かん》じて居《い》て、其《そ》の人《ひと》と共《とも》に發《はっ》達《たっ》し、進歩《しんぽ》して行《い》き、詰《つま》り其《そ》の人《ひと》の運命《うんめい》の分前《わけまえ》を取《と》つて自己《じこ》も前路《ぜんろ》を得《え》て行《い》くといふのも世間《せけん》に在《あ》ることで有《あ》つて、決《けっ》して慚《は》づ可《べ》き事《こと》でも厭《いと》ふ可《べ》きことでも無《な》い。矢張一《やはりひとつ》の立派《りっぱ》な事《こと》なのである。往々世《おうおうよ》に見《み》える例《れい》で有《あ》るが、然程《さほど》能力《のうりょく》の有《あ》つた人《ひと》とも見《み》え無《な》かつた人《ひと》が、或他《あるほか》の人《ひと》に随身《ずいしん》して數年《すうねん》を經《へ》たかと思《おも》ふ中《うち》に、意外《いがい》に其《そ》の人《ひと》が能力《のうりょく》の有《あ》る人《ひと》になつて頭角《とうかく》を出《だ》して來《く》る、といふのが有《あ》る。で、近《ちか》づいて其《そ》の人《ひと》を観《み》ると卽《すで》に舊阿蒙《きゅうあもう》では無《な》くて、其《そ》の人物《じんぶつ》も實際《じっさい》に價値《かち》を増《ま》して居《お》つて、目下《もっか》の好運《こううん》を負《お》うて居《い》るのも成程《なるほど》不思議《ふしぎ》は無《な》い、と思《おも》はれるやうになつて居《い》るのがある。其《それ》は卽《すなわ》ち其《そ》の初《はじめ》、或人《あるひと》に身《み》を寄《よ》せた時《とき》からして、他《ひと》によつて新《あたら》しい自己《じこ》を造《つく》り出《だ》し初《はじ》めたので、そして新《あたら》しい自己《じこ》が出來上《できあが》つた頃《ころ》、新《あたら》しい運命《うんめい》を獲得《かくとく》したのである。此《こ》の他力《たりき》によつて新《あたら》しい自己《じこ》を造《つく》るといふ道《みち》の最《もっと》も重要《じゅうよう》な點《てん》は、自分《じぶん》は自分《じぶん》の身《み》を寄《よ》せて居《い》るところの人《ひと》の一部分同様《いちぶぶんどうよう》であるといふ感《かん》じを常《つね》に存《そん》する事《こと》なので有《あ》つて、決《けっ》して自己《じこ》の生賢《なまさか》しい智慧《ちえ》やなんどを出《だ》したり、自己《じこ》の爲《ため》に小利益《しょうりえき》を私《わたくし》せんとする意《い》を起《おこ》したりなんどしてはならぬのである。

他人《たにん》によつて自己《じこ》を新《あらた》になさうとしたならば、昨日《きのう》の自己《じこ》は捨《す》てゝ仕舞《しま》はねばならぬのである。

併《しか》し世《よ》には又何様《またどう》しても自己《じこ》を没却《ぼっきゃく》することの出來《でき》ぬ人もある。然様《そう》いふ人《ひと》は自《みずか》ら新《あたら》しい自己《じこ》を造《つく》らんと努力《どりょく》せねばならぬのである。他力《たりき》に頼《たよ》るのは易行道《いぎょうどう》であつて、此《これ》は頗《すこぶ》る難行道《なんぎょうどう》である。

自《みずか》ら新《あらた》にするの第一《だいいち》の工夫《くふう》は、新《あらた》にせねばならぬと信《しん》ずるところの舊《ふる》いものを一刀《いっとう》の下《もと》に斬《き》つて捨《す》てゝ、餘孽《よげつ》を存《そん》せしめざることである。

今《いま》までの自分《じぶん》の心術《しんじゅつ》でも行爲《こうい》でも、苟《いやしく》も自《みずか》ら新《あらた》にせんと思《おも》ふ以上《いじょう》は、其《そ》の新《あらた》にせねばならぬと信《しん》ずるところの舊《ふる》いものを、大刀一揮《たいとういっき》で、英斷《えいだん》を振《ふる》つて斫《き》り倒《たお》して仕舞《しま》はねばならぬものである。例《たと》へば今《いま》まで做《な》し來《きた》つたところの事《こと》は、習慣《しゅうかん》でも思想《しそう》でも何《なん》でも一寸棄《ちょっとす》て難《がた》いものであるが、今《いま》までの何某《なにがし》で無《な》い何某《なにがし》にならうといふ以上《いじょう》は、今《いま》までの習慣《しゅうかん》でも思想《しそう》でも何《なん》でも惡《わる》い舊《ふる》いものは總《す》べて棄《す》て無《な》ければならぬ。

（『努力論』「自己の革新」より）

自力と他力、自己変革には二つの道がある

人間は常に自己革新を続けながら進歩していくものであるが、露伴は、この自己革新の方法には二つのものがあるという。それは「他によるのと、自らするのとの二ツの道」、つまり、自力による自己革新と他力による自己革新である。一般に自己革新というと、自力で行うことがいいことであるかのように思われている。しかし露伴は、他力による自己革新も悪いものではないという。

では、他力による自己革新とはどういうことなのか。それはたとえばこういうことだと露伴はいう。

ある男が偉い事業家のもとで一所懸命働いた。数年して会ってみると、もとは平凡だと思っていた男が、見違えるように立派になっていた。どうしてそうなったのかといえば、その男が仕えた実業家が偉かったからである。平凡であった男は偉い実業家について一所懸命に見様見真似でやっているうちに力をつけ、傍から見ると見違える

ほど成長したというわけである。

これが露伴のいうところの他力による自己革新である。

では、他力による自己革新を成し遂げるには何が必要なのか。それには、まず良き師を認めなければならない。良き師を認め、その師に打ち込むことが必要なのである。谷沢永一氏は「学問の道で多少でも事を成した人は必ず良き師に恵まれている」とおっしゃっているが、これは紛《まぎ》れもない真実であろう。

しかし、ここで私がかねてより不思議に思う一点がある。それは、自分にとっての良き師が他の生徒にも同じく良き師であるとは限らない、ということなのである。これは私が自らの体験の中で知らされたことである。

私は旧制中学の五年生のときに、佐藤順太先生という英語の先生と巡り合った。私は佐藤先生の学識と本の読み方に引かれ、あたかも信者がご神体を仰ぐが如く、先生の一言一句を全部書き留め、先生がお勧めになる本はすべて読破した。私が英語の教師になったのも、源をたどれば、佐藤先生が英語の先生であったことがきっかけである。佐藤先生との出会いが私の一生を決めたといっても差し支えない。

それほど私に影響を与えてくださった先生なのだが、多くの同級生は、ほとんど記憶に残っていないというのである。同窓会などの席で話しても、「そういえばそんな先生もいたな」という程度の認識でしかない男もいる。このことに最初に気づいたとき、私はいささかならぬショックを受けた。私にしてみれば、「佐藤先生から学ばずして一体何を学んだというのか」といったところである。しかし、考えてみれば、私にしてもすべての先生方のことを記憶にとどめているわけではない。あるいは私の記憶に残っていない他の先生に打ち込んだ同級生もいたのかもしれない。このことを思うたびに、私は出会いの不思議ということを感じないわけにはいかないのである。

私はこのように佐藤先生と出会い、先生の教えに没入して英語の道に入ることになったのであり、先生から受けた影響は私にとって決定的なものであった。これは他力による自己革新というものであろう。

また、留学していたときにも同様のことがあった。たまたま私の指導教授となった先生が素晴らしい方で、その先生に打ち込むことがその後の学問の出発点になった。いずれも私にとっては幸福な出会いであったということができるであろう。

ところが、誰もがこうした出会いを体験できるわけではない。むしろ、一人の先生にも打ち込めないまま卒業していく学生も数多いのである。これは先生と学生の波長が合っているかどうかということも関係するのであろう。波長が合った先生と出会えなかった学生は気の毒というしかない。だが、反面、先生に波長を合わせようと努力をしなかった学生が愚かであったということもできる。というのは、他力に頼る場合、偉い人に対して突っ張るのではなく、本当に溶け込んで尊敬することが必要だからである。そうすることなしに、容易に自己革新はなし得るものではない。

このわかりやすい例として、露伴は宗教への帰依《きえ》ということを挙げている。「他力によつて自己を新にするのには、何より先に自己を他力の中に没却《ぼっきゃく》しなければならぬのである。丁度浄土門《ちょうどじょうどもん》の信者が他力本願に頼る以上は憖《なま》じ小才覚《こさいかく》や、えせ物識《ものしり》を棄て、仕舞はねばならぬやうなものである」と露伴は指摘するが、宗教を信じて一所懸命に勤めているうちに、気がついてみると、傍の人の目からはおそろしく立派になっている人も実際にあるようである。

自分自身へのこだわりを捨てて、信じられるものにすべて身をまかせてみることによって、人は変わっていくのである。

自己革新にも易行道と難行道がある

私自身は他力によって多少なりとも進歩できたと思っている。そもそも、今こうして幸田露伴の話をしているのも、露伴の本を神藤先生がお勧めくださったことが始まりである。それ即ち他力である。

しかし、先生が露伴を勧めたのは何も私だけではなかったということも忘れてはならない。先生は遊びにくる学生みんなに勧めたのだが、その中で私だけがのめり込んだのである。当時、同じ寮に住んでいた何十人かが先生のお宅を訪ねているが、その後幸田露伴を読んだという仲間の話も聞かなければ、いわんや読んでそれを活用したといっている者は一人も思い当たらない。そういうことを考え合わせると、私は他力による自己革新の得意な人間だったということになるかもしれない。

一方、自力による自己革新はどうか。これには大変な努力が必要とされる。「今ま其造《そのつく》らうといふのであるのに、新しい自己を造らうといふのでの自己が宜《よろ》しく無いから、新しい自己を造らうといふものが矢張《やはり》自己なので有るから」である。これは自分で自分を変えることの難しさを指摘しているわけだが、その可能性について露伴は「殆《ほとん》ど不可能」といい切っている。あえてそれをやろうというのであれば、「今までの自分を一刀の下に斬って捨てて、何も残っていないようにしなければならない」というところまで徹底しなければならないというのである。

随分厳しい言葉であるが、これは西行《さいぎょう》が出家するときの話を思い起こすとわかりやすい。嘘か本当かは知らないが、西行は追いすがる我が子を縁側から蹴落として出家したといわれる。自力による自己革新をしようと思えば、そのぐらいの決心が必要なのである。卑近な例でいえば、痩せたいと思っている人が「甘いものを食べながら痩せよう」としても決して痩せることはできない。本気で痩せようというのならば、思い切って断食をするというようなところまでいかないと本当の変化は訪れないということである。

自力による自己革新の難しさは露伴の指摘するとおりだが、私にも、他力による自己革新に比べると、それははるかに難しいことのように思える。悟りの道にも易行道と難行道があるように、自己革新にも易行道と難行道があるのである。しかし、最近の若い人たちは自我が強すぎて、誰かを信奉するということが苦手のようである。そのため他力による自己革新ができかねている。つまり易行道に入りにくくなっている人も多いのではないだろうか。かといって、自力による自己革新はなおさら難しい。真に自己革新を願うのであれば、まずは素直な気持ちで、ここにある露伴の言葉に耳を傾けてみるべきであろう。

3　志は自らの精神の主人公でなければならない

人《ひと》あり、予《よ》に對《たい》して王陽明先生《おうようめいせんせい》の立志《りっし》に關《かん》する教訓《きょうくん》を擧示《きょじ》せんことを求《もと》む。予《よ》もと必《かなら》ずしも王學《おうがく》を奉《ほう》ぜず、ただ先生《せんせい》の言《げん》にいはゆる『學《がく》は之《これ》を心《こころ》に得《う》ることを貴《たっと》ぶ、之《これ》を心《こころ》に求《もと》めて而《しか》して非《ひ》なるや、其《そ》の言《げん》の孔子《こうし》に出《い》づると雖《いえど》も敢《あえ》て以《もっ》て是《ぜ》と爲《な》さざる也《なり》、而《しか》も況《いわ》んや其《そ》の未《いま》だ孔子《こうし》に及《およ》ばざるものをや。之《これ》を心《こころ》に求《もと》めて而《しか》して是《ぜ》なるや、其《そ》の言《げん》の庸常《ようじょう》に出《い》づると雖《いえど》も、敢《あえ》て非《ひ》となさざる也《なり》。而《しか》も況《いわ》んや其《そ》の孔子《こうし》に出《い》づる者《もの》をや』の心《こころ》を以《もっ》て先生《せんせい》の書《しょ》を讀《よ》み、退《しりぞ》いて之《これ》を心《こころ》に求《もと》めて以《もっ》て私《ひそか》に信奉《しんぽう》するあらんと欲《ほっ》するもの也《なり》。

先生曰《せんせいいわ》く、『學《がく》は志《こころざし》を立《た》つるより先《せん》なるは莫《な》し、志《こころざし》の立《た》たざるは、猶《なお》其《そ》の根《ね》を種《う》ゑずして、徒《いたずら》に培養灌漑《ばいようかんがい》を事《こと》とするが如《ごと》く、勞苦《ろうく》して成《な》ること無《な》し。世《よ》の因循苟且《いんじゅんこうしょ》し、俗《ぞく》に隨《したが》ひ非《ひ》に習《なら》つて、而《しか》して卒《つい》に汚下《おか》に歸《き》するものは、凡《すべ》て志《こころざし》の立《た》たざるを以《もっ》てなり。故《ゆえ》に程子曰《ていしいわ》く、「聖人《せいじん》と爲《な》るを求《もと》むるの志《こころざし》あつて、然《しか》して後與《のちとも》に共《とも》に學《まな》ぶべし」』と。

『君子《くんし》の學《がく》、時《とき》として、處《ところ》として、志《こころざし》を立《た》つるを以《もっ》て事《こと》と爲《な》さゞること無《な》し、目《め》を正《ただ》しうして之《これ》を視《み》る、他《ほか》に見《み》ること無《な》き也《なり》。耳《みみ》を傾《かたむ》けて之《これ》を聽《き》く、他《ほか》に聞《き》くこと無《な》き也《なり》、猫《ねこ》の鼠《ねずみ》を捕《とら》ふるが如《ごと》く、鶏《にわとり》の卵《たまご》を覆《おお》ふが如《ごと》く、精神心《せいしんしん》思凝聚融結《しぎょうしゅうゆうけつ》して復其《またそ》の他《た》あるを知《し》らず』といへるもの、直《ただち》にこれ學者《がくしゃ》のために雲霧《うんむ》を披《ひら》いて天日《てんじつ》を示《しめ》すの垂示《すいじ》といふべし。

（『努力論』附録「立志に闘《かん》する王陽明《おうようめい》の教訓《きょうくん》」より）

常に思い、強く願えば志は成就する

これは『努力論』の付録として書かれた「立志に闘《かん》する王陽明《おうようめい》の教訓」という部分から採ったものである。タイトルのとおり、ここで露伴は王陽明が残した言葉の中から立志についての教訓を取り上げている。

王陽明は「學は之を心に得ることを貴ぶ」といっているが、これは学問というものは自分の心に納得することが重要であるということである。それがゆえに、「もし心に求めて非であれば、その言葉が孔子の口から出たといえども、私はこれをよしとはしない。いわんや、まだ孔子にも及ばない学者がいった言葉であれば、納得できなければ絶対に受け入れることはない。それが自分の心に聞いていいことだと思えば、凡人の言葉であっても自分はよしとする。いわんやそれが孔子の口から出た場合ならば、これは尊いものとする」というのである。王陽明は、このように自分の心を極めて重んじた。それが立志に対する彼の気持ちであり、これは露伴自身の考えでもあったのである。ここで王陽明がいっていることは、すなわち露伴がいっていることと考えて、なんら差し支えはないであろう。

露伴は、王陽明の「学問を成すには、まず志を立てることが一番である」という言葉を取り上げる。志が立たない学問は、根を植えないまま植物に肥やしをかけたり水をかけたりするようなものである。程子《ていし》も「聖人となろうとする志があって、しかるのちに志を同じくする人間と共に学べ」といっている。孔子のようになろうと志さない限りは満足するべきではない、と。

そして志を求めるときは、「猫が鼠《ねずみ》を狙《ねら》うが如《ごと》く、鶏《にわとり》が卵を抱くが如く」志から気を散らさないようにしなければならない。そうすれば、他の誘惑が心に入る隙間はない。志は自分の精神の中の主人公である。この主人公に害あるような誘惑が入ったら、これは主人に害をなす客を招いたようなものであり、直《ただ》ちに叩き出さなくてはいけない。志以外のものは見ず、志以外のものは聞かず、ただ志に集中することが大切なのである。

朝から晩まで王陽明＝露伴のいうような姿勢を保てる人はよほど偉い人である。しかし、一業を立て、一業を成した人は、必ずこれに近い状況にあったはずである。自然科学の発見をした学者は、ある期間は自らの研究のこと以外は絶対に考えないはずである。社業を発展させた実業家も、朝から晩まで事業の発展しか考えない人であると思う。とくに中小企業の経営者は、二十四時間仕事のことばかり考えている人であるに違いない。

志というものは絶えず狙っていなくてはならないものである。「猫の鼠を狙うが如く、鶏が卵を覆うが如く」と王陽明がいっているようでなければ、志の成就はあり得ないのである。

志は自分の中で育てるもの

志の高さ低さは、それぞれの人で違う。実業界に志した人と、自然科学の発明に志した人と、私のように学問に志した者では違っていて当然である。

私の志が定まったのは、新制高校三年を卒業した頃のことであった。高校を卒業して大学に入る間、二、三か月の猶予の時間があった。そのとき佐藤順太先生のお宅を初めて訪ねたのだが、そこで受けた衝撃が私の志になって今日に至っているのである。その衝撃とはこういうことである。天井まで倹飩《けんどん》（和本などを入れる箱）に積み重ねられている膨大な和書、厚さ三十センチもある英語の辞書、英語の百科辞典、そういう書斎のある家、そしてそこに端然として着物を着て座っておられる老先生、そこには碁盤もあり、家の前には小川が流れている……、そうしたことごとを見たとき、私はこの老人の如き人生に入りたいと思ったのである。それは第三者から見れば馬鹿らしい取るに足りないことであったかもしれない。しかし私はそのとき、書斎を持たなければ私の人生ではないと思ったのである。そして、書斎に入ったままで人生を終わるのがいい。できるならば、水辺に居を構えたいという強い思いにとらわれてしまったのである。そして、いつの間にか、その志は私の頭から離れなくなってしまった。

その後の日本の発展もあって、私は自らの願いどおりに洋書を集めることができた。それはケンブリッジ大学のパーカー図書館の館長が「イギリスにもない」と褒めてくれたほどの蔵書で、私の分野では、おそらく質量ともに個人蔵書では世界一と自負できるようなものである。それがいつの間にかできあがっていた。そして気がついてみたら、書庫のある家で、鯉の飼える池があるところに住んでいたのである。

こうして振り返ると、私の場合はわりと若い頃に目に見える形で志を立てたことになる。それが私の本当の志だったのだということを今にして思う。極言すれば、他のことは全部付け足しであったような気さえするのである。結婚も書斎ができる目途が立つまではしないという誓いを立てた。だから私の結婚は、書斎ができたときと全く同時である。これは私の志であって、関係ない人から見ればどうだっていいことである。しかし、志というものはそういうものなのではないか。私は少なくとも、書物と書斎に関しては、王陽明の教えに、そして露伴の教えに忠実だったような気がするのである。

4　貧しい境遇は人に与えられた最高の贈り物である

財《ざい》の我《わ》が意《い》の如《ごと》くならざるのを之《これ》を名《な》づけて貧《ひん》といひ、身《み》の意《い》の如《ごと》くならざるのを之《これ》を名《な》づけて窮《きゅう》といふのである。

併《しか》し貧富《ひんぷ》は自己《じこ》の行爲《こうい》からのみ來《きた》るものでは無《な》い。窮通《きゅうつう》は不可測《ふかそく》なる運命《うんめい》の手《て》から致《いた》さるゝ場合《ばあい》が多《おお》い。そこで聖賢《せいけん》でも英雄《えいゆう》でも智者《ちしゃ》でも君子《くんし》でも、或時《あるとき》は貧窮《ひんきゅう》の境界《きょうがい》に落《お》つることを免《まぬか》れぬ。が、聖賢《せいけん》は天《てん》を信《しん》じ道《みち》を信《しん》じて安《やす》んずるところがあり、英雄《えいゆう》は義《ぎ》に仗《よ》り力《ちから》に仗《よ》りて負《たの》むところがあり、智者《ちしゃ》は惑《まど》はず忙《あわ》てずして慮《おも》ふところがあり、君子《くんし》は自《みずか》ら責《せ》め自《みずか》ら修《おさ》めて守《まも》るところが有《あ》るから、同《おな》じ貧窮《ひんきゅう》の中《なか》に在《あ》つても綽然《しゃくぜん》として餘裕《よゆう》が有《あ》る。たゞ凡人常人《ぼんじんじょうじん》に在《あ》つては貧境窮地《ひんきょうきゅうち》に陥《おちい》るや心《こころ》焦《こ》げ思躁《おもいさわ》ぎて、貧《ひん》を恨《うら》み窮《きゅう》を悲《かな》しむの念《ねん》、骨《ほね》を鏤《え》り身《み》を燬《や》くが如《ごと》きものが有《あ》る。人《ひと》の貧窮《ひんきゅう》を惡《にく》むこと仇敵《きゅうてき》のごとくなるに至《いた》るも欺《あざむ》き難《がた》き通情《つうじょう》である。

貧窮《ひんきゅう》は實《じつ》に人《ひと》を苦《くるし》めること甚《はなはだ》しい。然《しか》し貧窮《ひんきゅう》は必《かな》らずしも無益《むえき》に終《おわ》るか、貧窮《ひんきゅう》は必《かならず》しも無益《むえき》にのみは終《おわ》るまい。

冷必《れいかな》らずしも人《ひと》を損《そん》せず、暖又必《だんまたかな》らずしも人《ひと》を益《えき》せず。

貧富《ひんぷ》も亦是《またかく》の如《ごと》く、窮通《きゅうつう》もまた是《かく》の如《ごと》くである。貧窮《ひんきゅう》の人《ひと》を害《そこな》ふは實《じつ》に分《ぶん》明《めい》であるけれども、貧窮《ひんきゅう》の人《ひと》を利《り》することもまた無《な》いのではあるまい。若《も》し夫《そ》れ貧窮人《ひんきゅうひと》を利《り》するものが有《あ》るならば、いたづらに貧窮《ひんきゅう》を恨《うら》みるよりは、貧《ひん》窮《きゅう》の好處佳處《こうしょかしょ》を看取《かんしゅ》して、其《そ》の人《ひと》に齎《もたら》すところのもの必《かな》らずしも惡《わる》い方《ほう》のみならぬことを認《みと》め、そして徹骨《てつこつ》の貧《ひん》と縛軀《ばつく》の窮《きゅう》との間《あいだ》に在つても、理《り》に通《つう》じ心《こころ》を寛《ゆる》うする人となつたが可《よ》い。

先《ま》ず第一《だいいち》に、貧《ひん》は人《ひと》を鍛《きた》ひ錬《ね》る。鐵鎚《てつつい》が多《おお》く下《くだ》されなければ、鐵《てつ》は利《り》を為《な》さぬのである。猛火《もうか》が熾《さか》んに逼《せま》らねば、鐵《てつ》は形《かたち》を成《な》さぬのである。これは古《いにしえ》より言《い》ひ古《ふる》したことであるが、言《い》ひ古《ふる》されただけそれだけ虚妄《うそ》で無《な》いのである。第二《だいに》に、貧窮《ひんきゅう》は友《とも》を洗《あら》ふ。冷水《れいすい》のやうなキビ〳〵とした貧寒《ひんかん》が身《み》に逼《せま》れば、蠅《はえ》や蚊《か》のやうな惡友《あくゆう》は皆遁《みなかく》れ去《さ》つて終《しま》つて、眞骨頭《しんこっとう》あり眞熱血《しんねっけつ》ある朋友《ほうゆう》だけが殘《のこ》る。

無益《むえき》な朋友《ほうゆう》はたゞ晩餐《ばんさん》の件《つれ》である。益《えき》は無《な》く害《がい》は多《おお》い。耳《みみ》の中《なか》の蟲《むし》さへ剝《はく》落《らく》すれば、獅子《しし》はおのづから健《すこやか》に、鱗《うろこ》の間《あいだ》の虱《のみ》さへ離脱《りだつ》すれば、魚《さかな》はおのづから肥《こ》えるものである。

第三《だいさん》に、貧窮《ひんきゅう》は眞《しん》を悟《さと》らしめる。

我一度貧困窮苦《われいちどひんこんきゅうく》の中《なか》に立《た》つとなると、一切《いっさい》の外飾《がいしょく》を排去《はいきょ》して、直《ただち》に其《そ》の眞《しん》を捉《とら》ふることの出來《でき》る場合《ばあい》が多《おお》く、古人《こじん》の我《われ》を欺《あざむ》かざるところがヒシ〳〵と身《み》に逼《せま》つて感《かん》じられる場合《ばあい》が多《おお》く、佛來《ほとけきた》つて吾《わ》が頂《いただき》を摩《なで》し、神現《かみあら》はれて吾《わ》が心《こころ》を攝《せつ》し、聖賢我《せいけんわれ》を隔《へだ》てず、我長《われなが》く聖賢《せいけん》に負《そむ》けりと思《おも》ふやうな、虚飾《みえ》も無《な》ければ我慢《がまん》も無《な》い心《こころ》になつて、感通神會《かんつうしんえ》の境《きょう》を得《う》る場合《ばあい》が多《おお》い。

第四《だいよん》に、貧窮《ひんきゅう》は人《ひと》を養《やしな》ふ。

貧《ひん》は人《ひと》をして閑《かん》を得《え》せしめ、閑《かん》は人《ひと》をして長養《ちょうよう》の時《とき》を得《え》せしめる。門前雀羅《もんぜんじゃくら》を張《は》る時《とき》は、門前馬車喧《もんぜんばしゃかしま》しき時《とき》よりも人《ひと》に閑《ひま》を得《え》せしめる。そして其《そ》の閑《ひま》は人《ひと》を長養《ちょうよう》するに堪《た》へる。苟《いやしく》も志《こころざし》無《な》ければ已《や》むが、志有《こころざしあ》るものには清閑《せいかん》ほど志《こころざし》を長養《ちょうよう》せしむるものは無《な》い。

(『修省論《しゅうせいろん》』「窮境《きゅうきょう》の功徳《くどく》」より)

貧しさは人を鍛えるチャンスとなる

これは露伴の『修省論《しゅうせい》』の中にある「窮境《きゅうきょう》の功徳《くどく》」という文章の一節である。露伴はここで、貧窮《ひんきゅう》における心の持ち方と、その利について述べている。

露伴はまず、貧窮を「貧とは、富が自由にならないことをいい、窮とは、自分の思ったようにならないことをいう」と定義づける。そして、こんなものが好きな人はいないが、貧窮は自分の行為によって起こるばかりではなく、予測できない運命によってもたらされることが多いという。そのため、聖人賢者でも、英雄でも、智者でも、君子でも、貧窮の状態に置かれることはあるというのである。

そのように予測できないものであるがゆえに、これに対抗する考えが必要になってくるのである。たとえば聖賢は、天を信じ、道を信じる。英雄は、何が正義であるかによって身を処す。そして智者は惑《まど》わず慌《あわ》てずによく考え、君子には自分で反省する能力がある。だから、これらの人は貧窮にあっても落ち着いていることができる。ただ、普通の人はなかなかこうはいかないから、貧窮を仇敵《きゅうてき》のように憎むようになってしまうのである。

確かに、貧窮というものは人を苦しめることが多い。しかし、だからといって貧窮が全く無益なものかといえば、必ずしもそうともいえない。それは寒さが必ずしも人に風邪をひかせるわけではないのと同様である。一方、暖かいのは身体にいいように思えるが、これも必ずしも健康にいいとはいえない。

貧窮が人を苦しめることは明らかだが、人の利益となることがないわけではないのである。ただ恨んでばかりいないで、貧窮のいいところをよく見るという態度が必要である。要するに、貧というのは向こうからやってくるものなのであるから、こちらがどうするというわけにはいかないのである。

では、貧窮にはどのようないいところがあるのであろう。露伴は四つのことを挙げている。

第一に「貧乏は人を鍛える」。

第二に「貧乏であると本当の友達とそうでない者とがわかる」。

第三に「貧乏は本当のことを悟らせる」。

第四に「貧乏は人を養う」。

このうち私は第一、第二の点について言及してみたいのである。

まず第一に挙げられている「貧乏は人を鍛える」ということである。露伴はこれを鉄を鍛《きた》えることを例に説明している。つまり、「槌《つち》で何度もたたかれ、猛火をくぐらなければ、いい鉄にはならない。これは昔からいわれていることだけれども嘘ではない」というのである。これは言い方を変えれば、貧にあったときに自己鍛錬《たんれん》のできない人間は成長することはない、ということであろう。現実には、たいていの人が貧の苦しさに堪えられず、駄目になってしまうことが多い。それだけに、その対処の仕方がいい人はしばしば飛び抜けて成長することがある。大部分の人の範疇《はんちゅう》にとどまることで満足して終るか、それとも貧しさをあえて自らに課せられた試練として受け取り、それを自己鍛錬の場にして常人を遥かに越えた偉大な人間になるか。それはひとえに当人の受け取り方次第といえるのである。

これを私自身の体験によって語るとすれば、次のようなことになる。私は学生のとき、日本中の学生の中でも自分が一番貧乏な学生ではないかと自負するほど貧しかった。大学に入って間もなく父親が失職し、学生生活を続ける金銭的な目途が全く立たない状態に追い込まれてしまったのである。この絶体絶命のピンチをどう切り抜けるか。その方法はただひとつしかなかった。それは学科で一番になることである。学科で一番になると、自動的に授業料が免除になるのである。また、家からの仕送りが途絶えると生活ができない。そこで、その分は育英会の奨学金のみでまかなおうと覚悟をした。ゆえに遊ぶ余裕など全くなかった。実際、私は四年間の学部時代、ただの一度も東京では映画を見たことがなかった。ただし、遊びに行くことができなかった分だけ時間が余り、当時の学生が読まないような本を随分読むことができた。

この四年間で私は本当に鍛えられた。いつ大学を辞めなくてはならなくなるかもしれないという不安が常にあった。病気になったら終わりであるし、一番になれなくても終わりなのである。ところが、一番になれるかどうかは、他の学生の勉強の程度にもかかわることであり、どうしても偶然の要素が多い。だからいつしか同級生が悪い成績を取ってくれればいいと祈るような気持ちになった。しかし、そう思う自分が私は嫌だった。そこで「そういう気持ちにならないためにはどうしたらいいか？」と考えた。その結果、「あらゆる試験で満点を取ればいい」という答えを得たのである。それを実現するために、私は授業中に少しでも疑問があればその場で先生に質問をして解決を図るようにし、満点を取るように心掛けた。もちろん必ずしもすべての科目で満点が取れたわけではない。しかし、そういう努力をしなかった人とは自ずと差がついたようであり、一番を維持することができたのである。

あとになって、これが露伴のいう「窮境の功徳」というものなのだと気づいた。それゆえに、「貧乏は人を鍛える」という露伴の言には、納得するところが大きい。

貧しさをプラスにとらえれば成功できる

露伴は貧の第二の利点として「貧乏であると本当の友達とそうでない者とがわかる」ということを挙げている。「貧でないと無益な友達ができる。これは〝たかり〟みたいなもので、害ばかりが多い。貧であるとそうした悪友が去り、本当の友達が残る。耳の中に虫がいなくなればライオンは健康になり、鱗《うろこ》の中に寄生虫がいなくなれば魚は元気になる。それと同じように、貧乏だと余計な悪友がつかなくなる」というのである。

これはそういうものだろうと思うが、かといって、貧のときの友達がそれほどいいものだとは私には思えないのである。

私が育った周辺には、自分も含め貧乏な人たちが多かった。それゆえに実感としてわかるのだが、貧乏人というのは、みんなが揃《そろ》って貧乏のときは〝同病相憐《どうびょうあいあわ》れむ〟で非常に仲がよく、助け合うこともある。ところが、仲間の誰かが貧乏から抜け出そうとすると、途端に足を引っ張ろうとする。そういう嫉妬《しっと》深いところがある。

一方、ある程度の生活レベル以上の環境で育った人たちは、どちらかというと他人の成功を喜ぶようなメンタリティーを持っているようである。他人の成功を祝福するゆとりがあるように思えるのである。そう考えると、もし友達を選べるのなら、他人の成功を喜べるような人たちと友達になりたいと私は思う。

実際に、貧乏なときは仲の良い友達だったのに、金持ちになったら激しく嫉妬し足を引っ張るという光景は、実業界などでしばしば見られることである。私の友人で、ある分野でかなり成功した人がいるが、彼は会うといつも「いや、景気が悪くて困った」と口癖のようにいうのである。そんなことはないだろう、と思っていたら、彼がそういうのには理由があることがわかった。彼が昔、景気がいいときに羽振りのよさそうな態度をとっていたら、仲間から国税局に密告され、大変な目に遭ったというのである。だから、それ以来、人を見れば警戒するようになって、いくら儲かっていても「景気が悪い」「困った」というようになったというのである。

これは国と国の付き合いを考えてみてもよくわかる。豊かな国のほうが貧乏な国よりも付き合いやすいということは確かにあるはずである。契約を遵守するというのは、ある程度経済力が豊かであるからこそいえることである。貧乏な国は、契約を破ろうが何をしようが許されると自ら思い込んでいるようなところがある。その結果として、契約を守った側のほうが不利益を被《こうむ》ることはよくあることである。

これらの点において、私は露伴の貧乏礼賛には与《くみ》しないのである。ただし、貧乏なのに立派な人は尊敬に値するということについてはなんの異存もない。

「窮境の功徳」を支えるものはなんであろう。それは志であると私は考えるのである。露伴は貧の利点の四番目に「貧乏は人を養う」ということを挙げ、「貧乏であるがゆえに暇ができ、この暇な時間ほど志を養うのに適したものはない」といっている。何もない貧しさの中で志を立てるのであれば、誰に邪魔されることもなく、悠然と時間をかけて志を育てることができるというのである。何もないからこそ、そこから新たに芽吹くものがあるというのは、自分自身の体験としてもよく理解できる。

要するに、貧しさをどのようにとらえるか、ということなのである。そのとらえ方ひとつによって、自らの人生において成功者となれるかどうかが決まってくるということなのである。

5 根本を養うことが骨太の人生をつくる

根本《こんぽん》の培養《ばいよう》が植物《しょくぶつ》に取《と》つて重要《じゅうよう》なるは、析甲發芽《せっこうはつが》の初《はじめ》より凌霄參天《りょうしょうさんてん》の盛《さかり》に至《いた》るまで終始變《しゅうしかわ》らざるもので、其《そ》の他《た》の一切《いっさい》の事《こと》はたゞ此《こ》の一事《いちじ》の成立《なりた》つての後《のち》の事《こと》である。此《これ》と同《おな》じく、人事《じんじ》の百般《ひゃっぱん》は實《じつ》に際限無《さいげんな》く紛々《ふんぷん》として居《い》るけれども、而《しか》も其《そ》の部門《ぶもん》々々《ぶもん》に根本《こんぽん》の培養《ばいよう》と目《もく》すべきことが存《そん》して居《お》つて、其《そ》の部門《ぶもん》々々《ぶもん》の取除《とりのぞ》く可《べ》からざる樞機《すうき》を爲《な》して居《い》るを疑《うたが》は無《な》い。然《しか》し植物《しょくぶつ》の根《こん》本《ぽん》を見出《みいだ》して此《これ》が培養《ばいよう》を爲《な》すことは、自《おのず》から明《あき》らかな事《こと》で、且又《かつまた》おのづからにして做《な》し得《う》ることであるが、他《ほか》の人事《じんじ》に在《あ》つては、其《そ》の那邊《なへん》の處《ところ》が根本《こんぽん》で、そして此《これ》を如何《いか》に培養《ばいよう》すべきかを見出《みいだ》すことは、自明《じめい》な事《こと》でも無《な》ければ、容《よう》易《い》な事《こと》でも無《な》い。否《いな》、寧《むし》ろ人事《じんじ》の功《こう》を收《おさ》め難《がた》い原因《げんいん》の核心《かくしん》は、此《こ》の根本《こんぽん》を見《み》出《いだ》し難《がた》きと、其《そ》の培養《ばいよう》の道《みち》を得難《えがた》きとに本《もと》づくと云《い》つても宜《よ》いので有《あ》らう。

一例《いちれい》を言《い》つて見《み》るならば、國家《こつか》の經濟財政《けいざいざいせい》の如《ごと》きも、其《そ》の根本《こんぽん》は那邊《なへん》であらう、又培養《またばいよう》は如何《いか》にしたら宜《よ》いのだらう。是《かく》の如《ごと》きは學者《がくしや》に在《あ》つては各々《おのおの》信《しん》ずるところが有《あ》らうけれども、而《しか》も局《きよく》に當《あた》るものは迷《まよ》ふ道理《どうり》で、植物《しよくぶつ》の根本及《ぽんおよ》び其《そ》の培養《ばいよう》を明知善解《めいちぜんかい》せるが如《ごと》くには知解《ちかい》し難《がた》いかの觀《かん》がある。國家《こつか》の經濟《けいざい》を論《ろん》じたらば、其《そ》の根本《こんぽん》たるべきものは人民《じんみん》であらうか。其《そ》の一切《いつさい》の根《こん》基《き》となりて生產力《せいさんりよく》ある點《てん》より觀察《かんさつ》すれば、根本《こんぽん》は人民《じんみん》たるを疑《うたが》はぬ。しかし植物《しよくぶつ》に於《お》ける根本培養《こんぽんばいよう》の道《みち》は知《し》れて居《お》るが、經濟上《けいざいじよう》に於《お》ける根本《こんぽん》の人民《じんみん》を養《やしな》ふの道《みち》は如何《いか》にすれば至當《しとう》なのであらう。租税《そぜい》を薄《うす》くするのも一《ひとつ》であらう、教育《きよういく》を普及《ふきゆう》さすのも一《ひとつ》であらう、保護税《ほごぜい》の法《ほう》を布《し》くのも其《そ》の一《ひとつ》であらう、各《かく》種獎勵法《しゆしようれいほう》を布《し》くのも其《そ》の一《ひとつ》であらう。然《しか》し植物界《しよくぶつかい》に於《お》ける栽培法《さいばいほう》の如《ごと》くに、國家經濟《こつかけいざい》に於《お》ける施設《しせつ》を如何《いか》にする時《とき》は眞《しん》に可《か》なるや、といふことは明確《めいかく》でない。

(『修省論《しゆうせい》』「根本《こんぽん》に對《たい》する培養《ばいよう》」より)

「自分にとっての根本とは」と絶えず問いかけよ

花や木を立派に育てるにはいろいろな方法がある。しかし、何といっても重要なのは根を丈夫にすることである。根が枯れてしまえば、どんな手を打っても無駄である。このように、植物が相手の場合は何が根本的に重要なのかが簡単にわかる。しかし、それ以外のものになると、その根本がどこにあるのかは甚だわかりにくい。

たとえば、国家経済の根本はどこにあるのか、と露伴は考える。そして、「其《そ》の一切の根基《こんき》となりて生産力《せいさんりょく》ある點《てん》より觀察《かんさつ》すれば、根本は人民たるを疑《うたが》はぬ」という結論を得る。そして、人民が国家経済の根本であるとするならば、経済を考えるには「人民のために何がいいか」というところから発想しなければならない。ところが、現在の日本の状況を見ると、国家経済が国民のものとして存在しているとはとてもいえそうにない状況にある。たとえば、銀行を助けるために預金者の利子をほとんどゼロにするというのは、政策の中に「国民のため」という意識が決定的に抜けているあかしである。つまり、政府は国家経済の根本が何か、全く理解できていないということになる。これでは国民の消費が伸びないのも無理はない。根本を見誤っているところに問題があるのである。

これは国家経済の場合だが、その他の場合でも、何が一番の根本なのかを見るのは非常に大切なことである。しかし、それは同時に難しいことでもある。

こういう話がある。これはここ十年ぐらいの流行といえるのだが、海外特派員をしていた新聞記者を教授に迎える大学が増えている。そういう人たちの評判を聞いてみると、最初の一、二年は非常に学生に喜ばれるのだという。彼らの体験に基づく話が面白いからである。ところが三年四年もたつと、一転して評判が悪くなるというのである。なぜかというと、古い思い出話しかしなくなるからである。例外的によく勉強をしている人もいるが、元来ジャーナリズムの中で活躍した人には根を養っていない人が多いようである。したがって、最初の一、二年は他の先生にはない体験的な面白さを与えることができるが、すぐに枯れてしまうのである。そしてあとはお荷物になって、「あの先生は昔話しかしない」という評価に落ち着いてしまうことになる。どのようなものでも根を養う必要はあるが、とりわけ学問はしっかりとした根を養わないと役に立たないという例である。

これに関連した話がもうひとつある。最近、ある大学の先生と語り合う機会があった。その先生は、大学紛争の頃、マルクス寄りの考えを持ち、実践を伴わない理論は無意味だと信じていたという。彼のまわりには、弁が立ち、人を引きつける魅力のある人たちがたくさんいたそうである。ところが、しばらくすると、その魅力ある人たちが社会の中で全然使い物になっていないことに気づいたという。学生運動にかまけ、学生の本義である勉強をおろそかにしたことがそういう結果を招いたのである。そういう姿を見た彼は、大学院に入って真剣に勉強をし、十年ぐらいかけて学位を取り、今、大学の教授になっている。そして今、改めて自分がかつて仰ぎ見ていた頭の切れる討論のうまい運動家たちがどうなったかを見ると、ほとんど全員が消えてしまっているのだという。「あの時代がいかに空虚であったかと思う」と彼はいった。そして、「やはり若い頃には基本的なことをやらないと駄目なんですね」と、しみじみとした口調で私に語ってくれたのである。

人生における根本とはなんなのか。若い頃の勉強、人脈づくり、修養など、いろいろなことが考えられるであろう。その答えは人それぞれであっていいのかもしれない。一番大切なことは、若い頃に養った根がその後の人間的な成長につながっているかどうかということである。ほんの一瞬だけ花を咲かせて終わるのではなく、成長し続け、いつまでも枯れないしっかりとした根を養うことが大切なのである。

そのためには、露伴のいうように、何が根本なのかをまず見極める必要がある。「私の人生における根本はなんなのか」という問いを常に自分に投げ掛け、探し続け、その答えを発見できた人は、後悔のない人生を送る権利を手にしたといってもいいように思うのである。

第二章　豊かな富を育てる方法

1　福を惜しむことが福を身につける第一の道である

福《ふく》を得《え》んとする希望《きぼう》は決《けっ》して最《もっと》も立派《りっぱ》なる希望《きぼう》では無《な》い。世《よ》には福《ふく》を得《え》んとする希望《きぼう》よりも猶幾層《なおいくそう》か上層《じょうそう》に位《くらい》する立派《りっぱ》な希望《きぼう》がある。併《しか》し上乗《じょうじょう》の根器《こんき》ならざるものに在《あ》つては、福《ふく》を得《え》んとするも決《けっ》して無理《むり》ならぬことで、しかも亦敢《またあえ》て強《あなが》ちに之《これ》を批難排撃《ひなんはいげき》すべきことでも無《な》い。

滔々《とうとう》たる世上幾多《せじょういくた》の人《ひと》が、或《あるい》は心《こころ》を苦《くるし》め、或《あるい》は身《み》を苦《くるし》め、營々孜々《えいえいしし》として勉《つと》め勤《つと》めてゐるのも、皆多《みなおお》くは福《ふく》を得《え》んが爲《ため》なのであるを思《おも》へば、福《ふく》に就《つ》いて言《げん》を爲《な》すも亦徒爾《またとじ》ではあるまい。

幸福不幸福《こうふくふこうふく》といふものも風《かぜ》の順逆《じゅんぎゃく》と同樣《どうよう》に、畢竟《つまり》は主觀《しゅかん》の判斷《はんだん》によるのであるから、定體《ていたい》は無《な》い。然《しか》し先大概《まずたいがい》は世人《せじん》の幸福《こうふく》とし不幸《ふこう》とするものも定《さだ》まつて一致《いっち》して居《い》るのである。で、其《そ》の幸福《こうふく》に遇《あ》ふ人《ひと》、及《およ》び幸福《こうふく》を得《う》る人《ひと》と然《しか》らざる人《ひと》とを観察《かんさつ》して見《み》ると、其《そ》の間《あいだ》に希微《きび》の妙消息《みょうしょうそく》が有《あ》るやうである。第一《だいいち》に幸福《こうふく》に遇《あ》ふ人《ひと》を観《み》ると、多《おお》くは『惜福《せきふく》』の工夫《くふう》のある人《ひと》であつて、然《しか》らざる否運《ひうん》の人《ひと》を観《み》ると、十《じゅう》の八九《はっく》までは、少《すこ》しも惜福《せきふく》の工夫《くふう》の無《な》い人《ひと》である。福《ふく》を惜《おし》む人《ひと》が必《かなら》ずしも福《ふく》に遇《あ》ふとは限《かぎ》るまいが、何様《どう》も惜福《せきふく》の工夫《くふう》と福《ふく》との間《あいだ》には關係《かんけい》の除《のぞ》き去《さ》る可《べ》からざるものが有《あ》るに相違無《そういな》い。

惜福《せきふく》とは何様《どう》いふのかといふと、福《ふく》を使《つか》ひ盡《つく》し取《と》り盡《つく》しくて終《しま》はぬをいふのである。

吾《わ》が慈母《じぼ》よりして新《あらた》に贈《おく》られたる衣服《いふく》ありと假定《かてい》すれば、其《そ》の美麗《びれい》にして輕暖《けいだん》なるを悦《よろこ》びて、舊衣猶《きゅういなお》いまだ敝《やぶ》れざるに之《これ》を着用《ちゃくよう》して、舊衣《きゅうい》をば行李中《こうりちゅう》に押《おし》まろめたるまゝ、黴《かび》と垢《あか》とに汚《けが》さしめ、新衣《しんい》をば早《はや》くも着崩《きくず》して、折目《おりめ》も見《み》えざるに至《いた》らしむるが如《ごと》きは、惜福《せきふく》の工夫《くふう》の無《な》いのである。慈母《じぼ》の厚恩《こうおん》を感謝《かんしゃ》して新衣《しんい》をば浪《みだり》に着用《ちゃくよう》せず、舊衣猶未《きゅういなおいま》だ敝《やぶ》れざる間《あいだ》は、舊衣《きゅうい》を平常《へいじょう》の服《ふく》とし、新衣《しんい》を冠婚喪祭《かんこんそうさい》の如《ごと》き式張《しきば》りたる日《ひ》に際《さい》して用《もち》うるが如《ごと》くする時《とき》は、舊衣《きゅうい》も舊衣《きゅうい》として其《そ》の功《こう》を終《お》へ、新衣《しんい》も新衣《しんい》として其《そ》の功《こう》を爲《な》し、他人《たにん》に對《たい》しても清潔謹嚴《せいけつきんげん》にして敬意《けいい》を失《うしな》はず、自己《じこ》も諺《ことわざ》に所謂《いわゆる》『褻《け》にも晴《はれ》にも』たゞ一衣《いちい》なる寒酸《かんさん》の態《たい》を免《まぬか》るゝを得《う》るのである。是《かく》の如《ごと》くするを福《ふく》を惜《お》しむといふのである。

『好運《こううん》は七度人《ななたびひと》を訪《と》ふ』といふ意《い》の諺《ことわざ》が有《あ》るが、如何《いか》なる人物《じんぶつ》でも、周圍《しゅうい》の事情《じじょう》が其《そ》の人《ひと》を幸《さいわい》にすることに際會《さいかい》することは有《あ》るものである。其《そ》の時《とき》に當《あた》つて出來《でき》る限《かぎ》り好運《こううん》の調子《ちょうし》に乘《の》つて終《しま》ふのは福《ふく》を惜《おし》まぬのである。控目《ひかえめ》にして自《みずか》ら抑制《よくせい》するのは惜福《せきふく》である。畢竟福《ひっきょうふく》を取《と》り盡《つく》して終《しま》はぬが惜福《せきふく》であり、又使《またつか》ひ盡《つく》して終《しま》はぬが惜福《せきふく》である。

(『努力論』「惜福《せきふく》の説」より)

惜福によって巨額の財を築いた本多静六博士

「福や運を論ずるのはあまり高等なことではないように思われがちだが、多くの人たちが一所懸命苦労したり努力したりするのは福を得るためであるから、福について考えておくのも悪くはない」という前置きをしたのち、露伴は福を身につけるための三つの道について述べる。それが「惜福《せきふく》」「分福《ぶんぷく》」「植福《しょくふく》」である。

第一に、惜福というのはどういうことか。これは幸運に巡り合ったときに、それを使い尽くさず、どこか目に見えないところを巡っている運に、一部は返すような気持ちで幸運に向かう、そういう心掛けのことをいう。

露伴はいう。「多くの幸運に出会う人のほとんどは惜福の工夫のある人である。一方、運の悪い人の十中八九までは、惜福の工夫のない人のようである。惜福の工夫のある人が必ずしも福に遇うとは限らないが、確率的に言えば、その関係を無視するわけにはいかない」と。そして、「母親が二人の兄弟に仕立てのいい着物を贈ったとする」という仮定のもと、その対応の様子から惜福とは何かを説明しようとする。

新しい着物を贈られた子どもの一人は、今着ている服がまだ着れるのに行李《こうり》の中に丸めて入れてしまい、カビと垢だらけにしてしまった。新しくもらった服もすぐに使って着崩してしまった。露伴は「これは惜福の工夫のないことである」という。一方、もう一人の子どもは、母の恩をありがたいと思って新しい着物はすぐには使わなかった。今までの着物を日常の着物として平服にし、新しい服は冠婚葬祭のような格式ばった席で着るようにした。そうすると、古い着物は古い着物として着終えることができるし、新しい着物も新しい着物として、その新しさを生かすような着方ができる。しかるべきときに新しい着物を着ていくことは他人に対する敬意を示すことにもなる。いわゆる「褻《け》にも晴れにも一張羅《いっちょうら》」というような貧乏たらしい外見がなくなることになる。「これが福を惜しむということなのだ」と露伴はいうのである。

親から見れば、どちらかの子どもがかわいく、どちらが憎いということはないだろう。同じようにかわいいには違いない。しかし、長い目で見ると、新しい着物をもらったからと、今まで着ていたのものを行李に放り込んで新しい服をすぐに着崩してしまう子より、今までのものは今までのものとして大切に使う子のほうをよりかわいく思うのではないだろうか。おそらくは親子の間でもそうなのだから、いわんや他人の間、上司と部下の間という関係になれば、福を惜しむ態度と惜しまない態度では大変な差がつくであろうことは容易に想像できる。

「好運は七度人を訪れる」という諺がある。どんな人であれ、一度として好運に恵まれなかった人はいない。それにもかかわらず、ある人は好運を生かし、幸せになる。ある人はいつまでたっても不運であり、不幸である。これは福を惜しむか惜しまないかの心掛けによるところが大きいのである。

『努力論』の「惜福の説」を読んで私が思い出すのは、林学の本多静六《せいろく》博士のことである。本多博士が果たして『努力論』を読んでいたかどうかは定かではないが、その生き方を見ていると、「惜福の説」を実践的に最もうまくやって成功したのが本多博士ではないかと思うのである。

本多博士は「四分の一貯金」というものを奨めている。つまり、「給料はどんなに少なくても四分の一を貯金し、さらに一時収入は全額貯金せよ」というのである。さらに「貯金の利子は経常収入であるから四分の三は使ってもいいが、四分の一は残すようにせよ」という。たとえば初任給が二十万円ならば、まず五万円を貯金するのである。それでも月十五万円あれば生活できないということはあるまい。もらった給料をすべて生活費に使ってしまえば一向に貯金は増えないが、最初から五万円ずつ毎月貯金すると決めて生活をするようにすれば、年間六十万円の貯金ができる。その積み重ねがやがて大きな差になっていくわけである。実に簡単な教えなのだが、これを続けることによって確実に財を築き上げることができると本多博士はいうのである。

本多博士が四分の一貯金を実践し始めたのは、留学から帰ってきて東大の助教授になったときからであった。そして退職する前には、淀橋区（今の東京都新宿区）の納税者の中で納税額が一番になった。惜福の心掛けが博士に財を築かしめたのである。

しかし、博士が偉いのは、莫大な財産を奨学金その他、社会奉仕のためにほとんど全部寄付されたことである。その額は今にすれば数十億といわれている。最近、私は、本多博士が埼玉県の奨学金に寄付されていたことを知り、その実情を調べてみた。すると、博士の奨学金として今までに支出された額は六億円を超えていることがわかった。これらすべての源が、本多博士が東大の助教授に就任した直後から始めた四分の一貯金にある。これこそ惜福の最高の成功例であるということができるのではあるまいか。

福分《ふくぶん》の大《だい》なることは平清盛《たいらのきよもり》の如《ごと》きは少《すくな》い。併《しか》し惜福《せきふく》の工夫《くふう》には缺《か》けて、病中《びょうちゅう》に憤死《ふんし》し、家《いえ》滅《ほろ》び族《ぞく》夷《たいら》げられたのは、人《ひと》の知《し》つてゐることである。木曾義仲《きそよしなか》は平氏《へいし》を逐《お》ひ落《おと》して大功《たいこう》が有《あ》つた。併《しか》し惜福《せきふく》の工夫《くふう》には缺《か》けて、旭將軍《あさひしょうぐん》の光《ひかり》は忽《たちまち》に消《き》え去《さ》つた。源義經《みなもとのよしつね》もまた平氏討滅《へいしとうめつ》の大功《たいこう》が有《あ》つた。惜《おし》い哉《かな》、朝廷《ちょうてい》の御《おん》覺《おぼえ》目出度《めでたき》に乘《じょう》じて、私《わたくし》に受領《じゅりょう》した爲《ため》に兄《あに》の忌《い》むところとなつて終《おわり》を全《まった》くしなかつた。頼朝《よりとも》の猜疑《さいぎ》は到底《とうてい》避《さ》け難《がた》きことでは有《あ》つたらうが、義經《よしつね》に惜福《せきふく》の工夫《くふう》の缺《か》けたのも確《たしか》に不幸《ふこう》の一因《いちいん》となつたのである。東照公《とうしょうこう》は太閤秀吉《たいこうひでよし》に比《ひ》して、器略《きりゃく》に於《おい》ては或《あるい》は一二段《いちにだん》下《さが》つて居《い》たかも知《し》らぬが、然《しか》し惜福《せきふく》の工夫《くふう》に於《おい》ては數段《すうだん》も優《まさ》つて居《い》た。腫物《はれもの》の膿《うみ》を拭《ぬぐ》つた一片紙《いちへんし》をも棄《す》て無《な》かつたのは公《こう》である。聚樂《じゅらく》の第《だい》に榮華《えいが》を誇《ほこ》った太閤《たいこう》に比《ひ》して、如何《いか》に福《ふく》を惜《おし》まれたか知《し》る可《べ》きである。

三井家《みついけ》や住友家《すみともけ》や、其《そ》の他《た》の舊家《きゅうか》、酒田《さかた》の本間氏《ほんまし》の如《ごと》きも、連綿《れんめん》として永《えい》續《ぞく》せるものは、之《これ》を糺《ただ》すに皆善《みなよ》く福《ふく》を惜《おし》めるによつて福竭《ふくつ》きず、福竭《ふくつ》きざる間《あいだ》に、又新《またあらた》に福《ふく》に遇《あ》ひて之《これ》を得《う》るに及《およ》べるのである。外國《がいこく》の富豪《ふごう》の如《ごと》きも、其《そ》の確固《かっこ》なるものは、皆之《みなこれ》を質《ただ》すに惜福《せきふく》の工夫《くふう》に富《と》んでゐるのである。

（『努力論』「惜福の說」より）

「惜福の志」が富を永続させる

露伴は福を惜しまなかったために不幸を招いた歴史上の人物を何人か挙げている。平清盛、木曽義仲、源義経などである。

まず平清盛はどうだったか。清盛はそれほど戦争がうまかったと思われないが、運よく保元《ほうげん》・平治《へいじ》の乱に勝ったことによって源氏を一掃して平家の天下をつくった。その意味では福分があったといえる。しかし、清盛には福を惜しむ心掛けが決定的に欠けていた。

日本国の半分を平家のものにした清盛は、それをすべて一門の者に分かち与え、しかも自分は太政大臣《だじょう》になった。さらに娘を天皇の妃《きさき》にして、その子どもを天皇にした。一代にして、天上人でもない人間が太政大臣になり、その孫が天皇になるというような途方もないことを実現したわけである。これが反発を招かないわけはない。清盛の子・平重盛はしきりに清盛の増長を抑えようとしたらしいが、重盛は不幸にも早くに亡くなり、清盛を止める者は誰もいなくなってしまった。その結果、平家は皆の恨みを買うようになり、滅びてしまう。「奢《おご》る平家は久しからず」という諺ができるほど福を惜しまなかったことが、平家の滅亡につながったのである。

その平家を京都から追い払った木曽義仲も、勝ったあとは田舎育ちの悪いところを丸出しにして乱暴狼藉《ろうぜき》を働いた。たちまちにして皆に嫌われ、滅亡してしまった。

義経の場合は、いささか同情に値する。時の後白河《ごしらかわ》法皇は清盛によって福原の都に連れて行かれ、そこで粗末に扱われたことを非常に憎んでいた。ゆえに、その平家を壇ノ浦でものの見事に打ち破った義経が大そう気に入ったのである。しかも義経は礼儀正しく、京都の守護に当たっても木曽義仲とは全く反対で、善政を行った。法皇はそれもまた気に入った。気に入られたのはよかったのだが、兄の頼朝を経ないで朝廷の位をもらってしまったことから頼朝との間に確執が生まれ、追い落とされることになった。「頼朝は格別に嫉妬深い人物であったから、いずれにしても何らかの理由で追い落とされることになったかもしれない」と露伴はいう。しかし、その口実となったのは法皇からもらった朝廷の位だったことは確かである。これも惜福の工夫に欠けていたのではないかと露伴はいうのである。

一方、露伴が惜福の工夫があった人物として挙げているのが徳川家康であり、三井家や住友家、酒田の本間家などである。ここで私が触れたいのは郷里山形県酒田市の本間家のことである。私は本間家には多少お世話になったことがあるのだが、確かに本間家には「惜福の志」というものが見てとれた。

本間家は、戦前から多額の奨学金を出しており、山形の学生でその恩恵を被った者は数多い。鶴岡中学を出て士官学校や高等師範などの金のかからない学校に行った者、あるいは家が豊かで奨学金の必要のない者を除くと、大学を志望した者の非常に多くが本間家の奨学金のお世話になっていたはずである。それぐらい立派な奨学金だったのである。ところが、戦後になると、農地改革によって本間家は広大な土地のほとんどを取り上げられてしまった。それにもかかわらず本間家は自ら事業を興し、奨学金を出し続けたのである。私は大学のとき、本間家の奨学金から二か月に千四百円ずつもらっていた。その頃はインフレで、千四百円で生活するわけにはいかなかったが、絶対に自分の小遣いでは買えない本を奨学金で購入していた。そのおかげで、貧乏学生ではあったが本だけは立派なものを持つことができたのである。

その後、本間家の奨学金がどうなったかと調べてみると、今でも続いていることがわかった。現在も一人当たり年間に六十万円ぐらいの奨学金を出している。先祖伝来の土地を取り上げられてからも奨学金を続けるという志は尊いものである。

思えば昔の金持ちというのは、随分立派なことをやっていたのである。しかも占領下の日本で土地を取り上げられてもやるというファイトがあった。それゆえに、今でも本間家は尊敬されているのである。本間家のような旧家が今も断絶することなく続いている裏には、露伴のいう惜福の工夫が残っているのである。

個人《こじん》が惜福《せきふく》の工夫《くふう》を缺《か》いて不利《ふり》を享《う》くる理《り》は、團體若《だんたいも》しくは國家《こっか》に於《おい》ても同《どう》様《よう》で無《な》ければならぬ。水産業《すいさんぎょう》は何様《どう》である。貴重海獣《きちょうかいじゅう》の漁獲《ぎょかく》のみに力《つと》めて、保護《ほご》に力《つと》め無《な》かつた結果《けっか》は、我《わ》が邦沿海《くにえんかい》に、臘虎膃肭臍《らっこおっとせい》の乏少《ぼうしょう》を來《きた》したでは無《な》いか。卽《すなわ》ち惜福《せきふく》の工夫《くふう》無《な》きために福《ふく》を竭《つく》して終《しま》つたのである。

軍事《ぐんじ》も同様《どうよう》である。將強《しょうつよ》く兵勇《へいゆう》なるに誇《ほこ》つて、武《ぶ》を用《もち》ゐる上《うえ》に於《おい》て愛惜《あいせき》する所《ところ》が無《な》ければ、終《つい》には破敗《ははい》を招《まね》くのである。軍隊《ぐんたい》の強勇《きょうゆう》なるは一大福《いちだいふく》である。然《しか》し此《こ》の福《ふく》を惜《おし》む工夫《くふう》が無《な》ければ、武《ぶ》を黷《けが》すに至《いた》る。武田勝頼《たけだかつより》は弱將《じゃくしょう》や愚將《ぐしょう》では無《な》かつた。たゞ惜福《せきふく》の工夫《くふう》に缺《か》けて、福《ふく》を竭《つく》し禍《わざわい》を致《いた》したのである。長篠《ながしの》の一戦《いっせん》は、實《じつ》に福《ふく》を惜《おし》まざるも亦甚《またはなはだ》しいものであつて、馬場山縣《ばばやまがた》を首《はじ》とし、勇將忠士《ゆうしょうちゅうし》は皆《みな》其《そ》の戰《いくさ》に死《し》した爲《ため》、武田氏《たけだし》の武威《ぶい》は其後《そのご》復振《またふる》は無《な》くなつたのである。

軍隊《ぐんたい》の精神《せいしん》は麵麭《ぱん》を燔《や》くやうに急造《きゅうぞう》し得《う》るものでは無《な》い。陸海軍《りくかいぐん》の精鋭《せいえい》は我《わ》が邦《くに》の大幸福《だいこうふく》であるが、之《これ》を愛惜《あいせき》するの工夫《くふう》を缺《か》いたならば寒心《かんしん》すべきものがある。福《ふく》を使ひ盡《つく》し取《と》り盡《つく》すといふことは忌《い》む可《べ》きであつて、惜福《せきふく》の工夫《くふう》は國家《こっか》に取《と》つても大切《たいせつ》である。

（『努力論』「惜福の説」より）

勇敢な兵士を惜しまなかった軍部の失敗

露伴はここで、福を惜しまなかった例として日露戦争の話を引き合いに出している。『努力論』が刊行されたのは明治四十五年のことである。まだ日露戦争から十年もたっていない頃で、その勝利は人々の記憶に新しかったことだろう。しかし、露伴は戦争の勝利に酔うのではなく、軍隊を無駄遣いすることを冷静な目で戒めている。この露伴の警告はそれから四十年後の日本において現実のものとなり、我が国に大きな災いを招くことになった。そのことに日露戦争の終わった時点で気づいていた露伴は、やはり偉いというしかない。

露伴の指摘はこうである。日本近海にいくら魚がいるといっても、乱獲すればいなくなる。それと同じで、勇敢な軍隊それ自体は国の「福」だが、乱用するとひどい目に遭う。露伴の目には日露戦争も兵の無駄遣いと映っていたのかもしれないが、私は、当時の指導者たちは兵隊の大切さを知っていたように思うのである。児玉源太郎しかり、大山巌しかり、伊藤博文しかりである。ところが、その孫の代にあたる大東亜戦争の指導者には、この露伴の声は全く届いていなかったといっていい。彼らはただ舞い上がるばかりであった。

私が大東亜戦争で一番腹が立つのは、まさに指導者が勇敢な兵隊を無駄遣いしているることなのである。たとえば、インパール作戦である。数万の大軍をアラカン山脈越えでインドに攻め込ませようとしたこの作戦は、信じられないことに、食糧や武器の補給についてほとんど何も計画されていなかった。このように「兵隊にまかせれば頑張るだろう」という無茶苦茶で不定見な司令官や参謀がいたるところにいたのである。

日本の兵隊は、地球が始まって以来、最も勇敢な軍隊のひとつであったと私は思っている。露伴のいうように「陸海軍は我が邦の大幸福」だったのである。これは身びいきというものではない。それが証拠に、マッカーサーの後任として朝鮮戦争を戦ったリッジウェイ中将は「自分も一度日本兵を率いて戦争をしたかった」といっている。それほど、日本兵は勇敢であったということなのである。たとえば硫黄《いおう》島の戦いである。平たい土地で湖も川もない小さな島でのこの戦いによって、日本軍はアメリカ軍から猛烈な艦砲射撃、爆撃を受けた。しかし、それでもなお、死傷者数はアメリカ軍のほうが多かったのである。勇猛果敢、まさに鬼神を泣かしむる兵士たちであった。

そのような勇敢な兵士たちを、軍上層部は全く無駄遣いしたのである。ニューギニアにも二十万の軍を送って、ほとんど餓死させている。まさに無駄死にとしかいいようがない。もし露伴が生きていて、戦後にそのような戦記を読んでいたら、「日本の指導部は惜福の心を忘れてしまった」と大いに嘆いたに違いない。

私が憂えるのは、戦争中の軍部と同じようなことを、昨今の日本の指導者たちがしていることである。バブルによって吹き飛んでしまった日本の富は、戦後、日本人が営々として築き上げてきたものである。しかし、政財界の指導者たちは日本がバブルに走るにまかせ、それを目茶苦茶なつぶし方で終らせようとした。その結果として、一挙にして大戦争に負けたぐらいの富が失われたのである。その一方では、日本にミサイルを向けているような国にODAで金を出すといった理不尽なことをしている。ここには日本人が流した汗を惜しむ気が全く見られない。労働の収穫を惜しむ気がない人物が、日本の政治や外交に携わっているように思えて仕方がない。

こういう日本の現状を見るにつけ、私は「国家が福を惜しまないとひどい目に遭う」という露伴の指摘を思わずにはいられないのである。

2　優れた指導者は福を分け与える心得を持つ

福《ふく》を惜《おし》むといふことの重《おも》んずべきと同様《どうよう》に、福《ふく》を分《わか》つといふことも亦甚《またはなは》だ重《おも》んずべきことである。惜福《せきふく》は自己《じこ》一身《いっしん》にかゝることで、聊《いささ》か消極的《しょうきょくてき》の傾《かたむき》があるが、分福《ぶんぷく》は他人《たにん》の身上《みのうえ》にもかゝることで、おのづから積極的《せっきょくてき》の観《かん》がある。

分福《ぶんぷく》とは何様《どう》いふことであるかといふに、自己《じこ》の得《う》るところの福《ふく》を他人《たにん》に分《わか》ち与《あた》ふるをいふのである。たとへば自己《じこ》が大《だい》なる西瓜《すいか》を得《え》たとすると、其《そ》の全顆《ぜんか》を飽食《ほうしょく》し尽《つく》すことをせずして、其《そ》の幾分《いくぶん》を残《のこ》し留《とど》むるのは惜福《せきふく》である。其《そ》の幾分《いくぶん》を他人《たにん》に分《わか》ち与《あた》へて自己《じこ》と共《とも》に其《そ》の美《び》を味《あじわ》ふの幸《さいわい》を得《え》せしむるのは分福《ぶんぷく》である。

惜福《せきふく》は自己《じこ》の福《ふく》を取《と》り盡《つく》さず用《もち》ゐ盡《つく》さゞるをいひ、分福《ぶんぷく》は自己《じこ》の福《ふく》を他人《たにん》に分《わか》ち加《くわ》ふるを言《い》ふので、二者《にしゃ》は實《じつ》に相異《あいこと》なり、又互《またたがい》に表裏《ひょうり》をなして居《い》るのである。

世《よ》には大《だい》なる福分《ふくぶん》を有《ゆう》しながら慳貪鄙吝《けんどんひりん》の性癖《せいへき》のために、少《すこ》しも分福《ぶんぷく》の行爲《こうい》に出《い》でないで、憂《うれい》は他人《たにん》に分《わか》つとも、好《よ》い事《こと》は一人《ひとり》で占《し》めやうといふが如《ごと》き人物《じんぶつ》もある。俚諺《りげん》に所謂《いわゆる》『雪隠《せっちん》で饅頭《まんじゅう》を食《く》ふ』やうな卑劣《ひれつ》なる行爲《こうい》を敢《あえ》てして、而《しか》して心竊《こころひそか》に之《これ》を智《ち》なりとして居《い》るものも隨分有《ずいぶんあ》るのである。

古《むかし》の名將《めいしょう》の傳記《でんき》を繙《ひもと》いたならば、士卒《しそつ》に福《ふく》を分《わか》ち恵《けい》を贈《おく》らんが爲《ため》に、古名《こめい》將等《しょうら》が如何《いか》に臨機《りんき》の處置《しょち》を取《と》つたかゞ窺《うかが》はれるのであるが、之《これ》に反《はん》して愚將《ぐしょう》弱卒等《じゃくそつら》は毎《つね》に分福《ぶんぷく》の工夫《くふう》に缺《か》けた鄙吝《ひりん》の行爲《こうい》を做《な》すものである。酒少《さけすくな》く人多《ひとおお》き時《とき》に、酒《さけ》を河水《かすい》に投《とう》じて衆《しゅう》と共《とも》に飲《の》んだ將《しょう》があるが、是《かく》の如《ごと》きは所謂分福《いわゆるぶんぷく》の一事《いちじ》を極端《きょくたん》に遂行《すいこう》したのであつて、流水《りゅうすい》に酒《さけ》を委《い》したとて、誰《たれ》をも酔《よ》はすに足《た》らないのは、知《し》れ切《き》つた事《こと》であるが、それでも猶且《なおかつ》自己《じこ》一人《ひとり》にて福《ふく》を専《もっぱら》にするに忍《しの》びないで、之《これ》を他人《たにん》に頒《わか》たうとする情懐《じょうかい》は、實《じつ》に仁慈寛洪《じんじかんこう》の徳《とく》に富《と》んでゐるものである。されば其《そ》の時《とき》に當《あた》つて、流水《りゅうすい》を掬《きく》して之《これ》を飲《の》んだものは、もとより酒《さけ》には酔《よ》ふ可《べ》くも無《な》いのでは有《あ》るが、而《しか》も其《そ》の不可言《ふかげん》の恩愛《おんあい》には酔《よ》はざるを得無《えな》いのである。是《かく》の如《ごと》く下《しも》を愛《あい》する将《しょう》に對《たい》しては、下《しも》も亦《また》身《み》を獻《けん》じて其《そ》の用《よう》を爲《な》さんとするのである。

（『努力論』「分福の説」より）

分福は上に立つ人に必須の心得である

「分福」とは字で書くが如く、自分の福を自らがすべて使うのではなく、そのいくらかを他人に分ける心掛けのことをいう。分福と惜福の違いがどこにあるかといえば、惜福が「福を使い尽くさない」ことに重きを置いているのに対し、分福は「福を分ける相手が目に見えてはっきりしている」のが特徴である。このことを露伴は、「惜福は自己一身にかゝることで、聊《いささ》か消極的の傾《かたむき》があるが、分福は他人の身上《みのうえ》にもかゝることで、おのづから積極的の観《かん》がある」といっている。

分福は福を分け与えることであるから、当然のように福は減っていくことになる。これは一見もったいないことに思えるかもしれない。しかし、逆に福を分けないという心掛けを考えると、それは実に惨《みじ》めったらしく見えるものである。露伴は「雪隠《せっちん》で饅頭《まんじゅう》を食ふ」という古い諺を引いている。饅頭を人に見せると分けなくてはならないからと臭《くさ》い便所の中で食べる、これはいかにも貧しい風景ではないか。そんなことをするぐらいなら、自分で食べる分が少なくなっても分けたほうが余程いい。

「人の上に立つ人物には必ず分福の心得がある」と露伴は指摘する。たとえば、名将アレキサンダー大王は、ペルシャで戦争したとき、持ってきたワインが兵士に行き渡らないので河に流して兵士とともに飲んだという。露伴はこれをして「分福の一事を極端に遂行した」という。そんなことをしても誰一人酔わすことはできないのは端《はな》からわかりきってはいる。しかし、大王は自分が福を独り占めしないという心掛けを兵士に示したのである。それによって、兵士たちはワインに酔うことはできなかったが、大王の恩愛に酔い、大王のために命を賭けることを厭《いと》わなくなったのである。これは非常にわかりやすい話ではないだろうか。

上に立つ者が富を独占して下のものに分配をしないのでは、部下の士気が上がるわけはない。当たり前のことのようではあるが、現実には、富を目の前にすると忘れてしまうことが往々にしてあるのではないだろうか。その意味で、分福の心掛けは、指導者となった者が決して忘れてはならない重要な教訓であるといえよう。

東照公《とうしょうこう》は惜福《せきふく》の工夫《くふう》に於《おい》ては豊太閤《ほうたいこう》に勝《まさ》つて居《お》られたが、分福《ぶんぷく》の工夫《くふう》に於《おい》ては太閤《たいこう》の方《ほう》が勝《すぐ》れて居《い》た。太閤《たいこう》の功《こう》を収《おさ》むること早《はや》くて、東照公《とうしょうこう》の功《こう》を収《おさ》むること遅《おそ》かつたのは、決してたゞ一二《いちに》の理由《りゆう》に本《もと》づくのでは無《な》いが、太閤《たいこう》の分福《ぶんぷく》の工夫《くふう》の甚《はなは》だ到《いた》つて居《い》た事《こと》も、慥《たしか》に其《そ》の一理由《いちりゆう》である。東照公《とうしょうこう》は自己《じこ》の臣下《しんか》に對《たい》しては、多《おお》く知行《ちぎょう》を與《あた》へられ無《な》かつた人《ひと》である。徳川氏《とくがわし》譜第《ふだい》恩顧《おんこ》

の者《もの》は、多《おお》くは大祿《たいろく》を與《あた》へられ無《な》かつた。之《これ》に反《はん》して、太閤《たいこう》は實《じつ》に氣持《きもち》好《よ》く其《そ》の臣下《しんか》に大祿厚俸《たいろくこうほう》を與《あた》へた人《ひと》である。此《こ》の點《てん》に於《おい》て太閤《たいこう》は實《じつ》に古今獨歩《ここんどっぽ》の觀《かん》がある。加藤《かとう》や福島《ふくしま》や前田《まえだ》や蒲生《がもう》や、或《あるい》は初《はじめ》より臣下《しんか》であり、或《あるい》は半途《はんと》より旗下《きか》に屬《ぞく》したものにもせよ、惜氣《おしげ》なく福《ふく》を分《わか》ち惠《めぐみ》を施《ほどこ》したのは、太閤《たいこう》の一《いち》大美處《だいびしょ》であつて、一勇《いちゆう》の夫《ふ》も何十萬石《なんじゅうまんごく》を與《あた》へられたのであつた。卽《すなわ》ち豐公《ほうこう》が幸福《こうふく》を得《え》さへすれば、臣下《しんか》も亦必《またかなら》ず其《そ》の福《ふく》の配分《はいぶん》に與《あずか》るを得《え》たのであり、主《しゅ》公《こう》をして一國《いっこく》を切取《きりと》らしむれば、臣下《しんか》も亦一郡或《またいちぐんあるい》は一城《いちじょう》を得《え》るといふのであつた。臣下《しんか》たり旗下《きか》たるもの如何《いかん》ぞ主君《しゅくん》の爲《ため》に鷹犬《おうけん》の勞《ろう》を致《いた》して、血戰死鬪《けっせんしとう》せざらんやである。是《かく》の如《ごと》きは卽《すなわ》ち太閤《たいこう》の早《はや》く天下《てんか》を得《え》た所以《ゆえん》の一理由《いちりゆう》で無《な》ければならぬ。

氏郷《うじさと》の傳《でん》を讀《よ》めば、當時《とうじ》の英雄等會合《えいゆうらかいごう》の席上《せきじょう》に於《おい》て、太閤萬一《たいこうまんがいち》の事《こと》あらば誰《だれ》か天下《てんか》の主《しゅ》たるもので有《あ》らう、と云ふ問《とい》に對《たい》して、蒲生氏郷《がもううじさと》が前田《まえだ》の老父《おやじ》であると云《い》つた。そこで、前田殿《まえだどの》を除《のぞ》いては、といふ再度《さいど》の質問《しつもん》が起《おこ》つて、それに答《こた》へては乃公《おれ》がと云《い》つた。そこで又氏郷《またうじさと》の眼中《がんちゅう》に徳川氏《とくがわし》無《な》きを訝《いぶか》つて、徳川殿《とくがわどの》はといふ質問《しつもん》が起《おこ》った。それに答《こた》へて彼《か》の銀《ぎん》の鯰《なまず》の盔《かぶと》の主《あるじ》は笑《わら》ひながら、『徳川《とくがわ》の如《ごと》き人《ひと》に物《もの》を呉《く》れ惜《おし》むものが何《なに》を仕出《しで》かし得《え》やうや。』と云《い》つたといふ事《こと》が載《の》つて居《い》る。

氏郷《うじさと》の語《ご》は、慥《たしか》に徳川公《とくがわこう》の短處《たんしょ》に中《あた》つて居《い》て、東照公《とうしょうこう》の横《よこ》ッ腹《ぱら》に匕首《あいくち》を加《くわ》へたものである。

實《じつ》に其《そ》の言《げん》の如《ごと》く、徳川公《とくがわこう》は其《そ》の臣下《しんか》に大祿厚俸《たいろくこうほう》を與《あた》へなかつた人《ひと》で、其《そ》の遺制《いせい》は近代《きんだい》に及《およ》び、維新前《いしんぜん》に至《いた》つて、徳川氏《とくがわし》の譜第大名《ふだいだいみょう》が、皆小祿薄俸《みなしょうろくはくほう》の徒《と》で有《あ》つた爲《ため》、眞《しん》に徳川氏《とくがわし》の爲《ため》に力《ちから》を致《いた》さんとするものゝ、力《ちから》は微《び》に勢《いきおい》は弱《よわ》くして、終《つい》に關ケ原《せきがはら》の一戰《いっせん》の敗者《はいしゃ》たる毛利島津《もうりしまづ》等《とう》の外様大名《とざまだいみょう》の爲《ため》に壓迫《あっぱく》されたのである。太閤《たいこう》は惜福《せきふく》の工夫《くふう》に於《おい》て缺《か》くる所《ところ》があつた代《かわり》に、分福《ぶんぷく》の工夫《くふう》に於《おい》て十二分《じゅうにぶん》であり、東照公《とうしょうこう》は惜福《せきふく》の工夫《くふう》に於《おい》て勝《すぐ》れて居《い》た代《かわり》に、分福《ぶんふく》の工夫《くふう》に於《おい》てはやゝ不十分《ふじゅうぶん》であつた。

(『努力論』「分福の說」より)

惜福の人・家康と分福の人・秀吉

日本において分福の心掛けが一番すぐれていたのは誰かというと、それは豊臣秀吉であると露伴はいう。徳川家康は惜福の工夫については実にすぐれた人であったけれども、自分の部下に対してあまり多くの知行《ちぎょう》を与えなかった。徳川恩顧の大名といっても、石高はせいぜい十五万石である。ところが秀吉は、実に気持ちよく何十万石という知行を与えた。それも加藤、福島、前田、蒲生《がもう》など、初めからの家臣だけではなく、途中から家臣になった者にも惜しげもなく福を分け与えた。少しでも手柄を立てると何十万石も与えられるのであるから、「臣下《しんか》たり旗下《きか》たるもの如何《いかん》ぞ主君の爲《ため》に鷹犬《ようけん》の勞《ろう》を致して、血戰死鬪《しとう》せざらんや」というように家臣たちの働きが違っていたのである。このあたりに秀吉の人間心理を読むに長《た》けたところが見てとれる。一雑兵から頭角を現してきた秀吉ならでは、といえよう。

一方、家康について露伴は、蒲生氏郷の伝記の中の一逸話をもって語っている。

秀吉に万一のことがあったら次は誰が天下の主人になるだろうかという話題になったときに、氏郷は「それは前田の老父《おやじ》だろう」といった。「前田以外では？」と問われると、「自分だ」といった。さらに「徳川殿はどうだ？」と問われると、笑いながら「徳川のような人に物をくれ惜しむものに何ができるものか」といったというのである。露伴はこの氏郷の言葉について「徳川公の短處に中つて居て、東照公の横ッ腹に匕首《あいくち》を加へたものである」といっている。要するに、家康の痛いところを突いているというのである。

しかし、それにもかかわらず家康は天下を取った。これはどういうことかといえば、ひとえに家康が長生きしたことが理由である。家康がもう二、三年早く死んでいたら、徳川幕府はなかったといってもいいだろう。家康がいなければ、関が原の戦いであろうが、大坂の役だろうが、豊臣家はびくともしなかったことだろう。

逆に、徳川幕府が滅亡した由来は、氏郷が指摘したように、家康が福を分け与えなかったことにある、と露伴は見ている。つまり、家康は譜代大名に大きな土地を与えず、それが維新前まで続いたため、徳川家のために力を尽くそうと思っても、力が弱くてどうしようもなかったというのである。その結果、関が原の敗者であった毛利・島津などの外様大名に負けてしまうことになった。これは事実そのとおりであったといってもいい。

「秀吉は惜福の工夫に欠ける所があったが、分福の工夫は十二分であった。家康は惜福の工夫には勝れていたが、分福の工夫はやや不十分であった」というのが、二人に対する露伴の評価であるが、これは極めて正鵠《せいこく》を射た指摘であるといえそうである。

また、露伴は秀吉やアレキサンダー大王以外では、先に挙げた平清盛、ナポレオンを非常に福をよく分かたった人であったといっている。ナポレオンに福を分けてもらい王様になった武将ベルナドットはスウェーデン王国をつくった。そして、そのスウェーデンが今、ノーベル賞という形で分福を続けていることは興味深いことである。

3　国づくりの源には植福の精神がある

植福《しょくふく》とは何《なん》であるかといふに、我《わ》が力《ちから》や情《じょう》や智《ち》を以《もっ》て、人世《じんせい》に吉慶幸福《きっけいこうふく》となるべき物質《ぶっしつ》や、清趣《せいしゅ》や、智識《ちしき》を寄與《きよ》する事《こと》をいふのである。即《すなわ》ち人世《じんせい》の慶《けい》福《ふく》を増進長育《ぞうしんちょういく》するところの行爲《こうい》を植福《しょくふく》といふのである。かくの如《ごと》き行爲《こうい》の尊《たっと》む可《べ》きものであることは、常識《じょうしき》ある者《もの》のおのづからにして理解《りかい》して居《い》ることであるが、遼豕《りょうし》の誇《そしり》を忘《わす》れて試《こころみ》に之《これ》を説《と》いて見《み》やう。

予《よ》は單《たん》に植福《しょくふく》と云《い》つたが、植福《しょくふく》の一《ひとつ》の行爲《こうい》は、自《おのず》から二重《にじゅう》の意義《いぎ》を有《ゆう》し、二重《にじゅう》の結果《けっか》を生《しょう》ずる。何《なに》を二重《にじゅう》の意義《いぎ》、二重《にじゅう》の結果《けっか》といふかと云《い》ふに、植福《しょくふく》の一《ひとつ》の行爲《こうい》は、自己《じこ》の福《ふく》を植《う》うることであると同時《どうじ》に、社會《しゃかい》の福《ふく》を植《う》うることに當《あた》るから之《これ》を二重《にじゅう》の意義《いぎ》を有《ゆう》するといひ、他日自己《たじつじこ》をして其《そ》の福《ふく》を收穫《しゅうかく》せしむると同時《どうじ》に、社會《しゃかい》をして同《おな》じく之《これ》を收穫《しゅうかく》せしむる事《こと》になるから、之《これ》を二重《にじゅう》の結果《けっか》を生《しょう》ずると云《い》ふのである。

今《いま》こゝに最《もっと》も瑣細《ささい》にして最《もっと》も淺近《せんきん》な一例《いちれい》を示《しめ》さうならば、人《ひと》ありて其《そ》の庭《てい》上《じょう》に一《ひとつ》の大《だい》なる林檎《りんご》の樹《き》を有《ゆう》するとすれば、其《そ》の林檎《りんご》が年々《ねんねん》に花《はな》さき、年々《ねんねん》に實《みの》りて、甘美清快《かんびせいかい》なる味《あじ》を供《きょう》することは、慥《たしか》に其《そ》の人《ひと》をして幸福《こうふく》を感《かん》ぜしむるに相違《そうい》無《な》い。で、それは其《そ》の人《ひと》が幸福《こうふく》を有《ゆう》するのであつて、卽《すなわ》ち有福《ゆうふく》である。其《そ》の林檎《りんご》の果實《かじつ》を浪《みだり》に多産《たさん》ならしめないで、樹《き》の堅實《けんじつ》と健全繁榮《けんぜんはんえい》とを保《たも》たしむるのは、卽《すなわ》ち惜福《せきふく》である。豐大甘美《ほうだいかんび》な果實《かじつ》の出來《でき》たところで、自己《じこ》のみが之《これ》を專《もっぱ》らにしないで親近朋友《しんきんほうゆう》に頒《わか》つのは分福《ぶんぷく》である。

さて植福《しょくふく》といふのは何樣《どう》いふことかと云《い》ふと、新《あらた》に林檎《りんご》の種子《たね》を播《ま》きて之《これ》を成木《せいぼく》せしめんとするのも、植福《しょくふく》である。同《おな》じ苗木《なえぎ》を植付《うえつ》けて成木《せいぼく》せしめんとするのも、植福《しょくふく》である。又惡木《またあくぼく》に良樹《りょうじゅ》の穂《ほ》を接《つ》ぎて、美果《びか》を實《みの》らしめんとするのも、植福《しょくふく》である。

凡《およ》そ天地《てんち》の生々化育《せいせいかいく》の作用《さよう》を賛《たす》け、又《また》は人畜《じんちく》の福利《ふくり》を増進《ぞうしん》するに適當《てきとう》するの事《こと》を爲《な》すのは卽《すなわ》ち植福《しょくふく》である。

一株《いっちゅ》の林檎《りんご》の樹《き》といふ勿《なか》れ、一株《いっちゅ》の樹《き》もまた數顆數十顆《すうかすうじゅうか》、乃至數百顆《ないしすうひゃくか》の實《み》を結《むす》ぶのであつて、其《そ》の一顆《いっか》よりは又數株乃至十數株《またすうちゅないしじゅうすうちゅ》の樹《き》を生《しょう》じ、果《み》と樹《き》と相交互循環《あいこうごじゅんかん》しては、無量無邊《むりょうむへん》の發生《はっせい》と產出《さんしゅつ》とを爲《な》すものである。故《ゆえ》に一株《いっちゅ》の樹《き》を植《う》うる其《そ》の事《こと》は甚《はなは》だ微少瑣細《びしょうささい》であるけれども、其《そ》の事《こと》の中《なか》に包含《ほうがん》されて居《い》る將來《しょうらい》は、甚《はなは》だ久遠洪大《くおんこうだい》なもので、其《そ》の久遠洪大《くおんこうだい》の結果《けっか》は、實《じつ》に人《ひと》の心念《しんねん》の機微《きび》に繫《かか》つて居《い》るものであつて、一心一念《いっしんいちねん》の善良《ぜんりょう》なる働《はたらき》は、何程《なにほど》の福《ふく》を將來《しょうらい》に生《しょう》ずるかも知《し》れぬのである。

されば一株《いっちゅ》の樹《き》を培養成長《ばいようせいちょう》せしむるといふことは、瑣事《さじ》には相違無《そういな》いが、自己《じこ》に取《と》りても他人《たにん》に取《と》りても幸福利益《こうふくりえき》の源頭《げんとう》となることである故《ゆえ》に、之《これ》を福《ふく》を植《う》うると云《い》つて誤《あやまり》は無《な》いのである。

（『努力論』「植福の說」より）

植福によってもたらされた人間社会の進歩

「福を論じて最も重要なのは植福である」と露伴はいう。では、植福とはどういうものなのであろうか。惜福や分福との違いはどこにあるのであろうか。

惜福とは自分に廻《まわ》ってきた福を大切にすることであり、分福とはこれを分けることであった。いうなれば、これらはいずれも福の処分の仕方にかかわる心掛けである。ところが植福は「福をつくる」ことである。つまり、植福とは「我が力や情や智を以て、人世《じんせい》に吉慶幸福《きっけいこうふく》となるべき物質や、清趣《せいしゅ》や、智識を寄與《きよ》する事」であり、「人世の慶福を増進長育《ぞうしんちょういく》するところの行爲」なのである。

この植福には二重の意義があると露伴はいう。それは「自己の福を植える」ことと「社会の福を植える」ことである。福を自分のものにとどめておくのではなく、社会全体の福とすることが植福であるというのである。このことを露伴は林檎《りんご》の木を植えることにたとえて説明している。

まず林檎《りんご》の木を植え、適宜《てきぎ》、芽を摘みながら木を長持ちさせることは惜福にあたる。そのようにして豊かに実った果実を自分一人が味わうのではなく、他人にも分けて、みんなで楽しむことは分福である。では、植福とは何かといえば、林檎《りんご》の種を播いて木を殖やしていくことである。それを繰り返すことによって「無量無邊《むりょうむへん》の發生《はっせい》と産出《さんしゅつ》とを爲《な》す」ことができる。これは自分のためにもなるし、他人のためにもなるし、また子孫のためにもなるわけである。

このように考えてみると、人間の文明の進歩というものは、そのもとに植福の精神や作業があることがわかる。もし植福の精神がなければ、人類の進歩もなく、いつまでも昔のままであったに違いない。

福を植えるという精神の積み重なりが文明を築くという考えは、最近読み直した新渡戸稲造博士の本にも書かれていた。新渡戸博士は「文明とはすべて蓄積である」というのである。たとえば数学について、博士は「未開な国と文明国で、数学の能力に大きな差がある」と指摘する。これは必ずしも未開といわれる民族や国家に数学能力がないということではない。その証拠に、難しい数学を知らない未開な国の子どもを文明国に連れてきて教育すれば、数学の先生にも数学の教授にもなりうる。つまり、能力はもともと備わっているが、未開な国では数学の蓄積がないから進歩しないということなのである。

数学は蓄積に蓄積を重ねていく学問である。その初めにはギリシャ人が基礎をつくり、近代になると各国の大学で研究が重ねられ、互いに競争しながら伸びてきた学問が数学である。

日本にも江戸時代になるまでは難しい数学は存在しなかった。江戸時代になると、ようやくシナの数学の本やアラビア数字入りの数学の本が入ってきた。そのとき関孝《せきたか》和《かず》という人物が現れるのである。関孝和はそれらの本をすべて解いた上で、日本生まれの数学である「和算」を確立した。何も蓄積がないところから独学で始めたのであるから、関孝和の努力は大変なものであったに違いない。しかし、その努力は無駄にならなかった。彼の業績を弟子たちが引き継ぎ、さらに研究を積み重ねていったのである。それによって、弟子の代になると、日本の数学はライプニッツやニュートンに劣らないレベルまで、長足の進歩を遂げることになった。これも植福の見事な例といえるであろう。

新渡戸博士がいうように、文明国と非文明国の差は蓄積にあると私も思う。学問も林檎《りんご》の木と同じように、種を播いて育てて伸ばさなければならない。植福の精神が必要なのである。これは絵画でも建築でも同じである。弟子が受け継いで伸ばしていくものは、すべて植福に基づいているものなのである。

その点で私は、日本に対して心強く思うことがひとつある。それは植林という思想が連綿と受け継がれていることである。数年前に伊勢神宮の式年遷宮《しきねんせんぐう》があった。あまり知られていないことだが、そのときの重要な行事のひとつに檜《ひのき》の植林事業があった。実はその植林は、三百年後の式年遷宮のときに使う檜《ひのき》を育てるためのものだったという。植福の意義を考えるとき、これは実に象徴的なことであるといえよう。こういう伝統は決して絶やしてはならないと強く思う。

家族制度の解体は植福の伝統を破壊した

逆に現在の日本で嘆かわしいことは、戦後、「蓄積を憎む」という思想が入ってきたことである。その代表的なものが「どんな家でも三代続いたらつぶしてしまえ」という税の思想である。これをわかりやすくいえば、「どんなに蓄積しても三代以上はもたないような税制になっているのだから、蓄積しても無意味である」ということであろう。しかし、蓄積を無意味であるとするこの思想は、明らかに日本を悪くしている。

蓄積が行われないとどういうことになるのか。そのひとつの風景を私は郷里の庄内平野に見る。毎年郷里に帰るたびに目立つのは、荒れ果てた田んぼであり、蔵のある家の減少である。その根本に、戦後の相続税の問題が横たわっているのである。

蓄積はどういう形で一番効果的に行われるかということをドイツの歴史哲学者シュペングラーが『西洋の没落』の中に書いている。この本は一九一八年に出版されたものだが、実際にシュペングラーが著したのは第一次大戦前のことである。その内容は、題名に反して、「なぜ西ヨーロッパが勃興したか」という理由で大半が占められており、最後にほんの少しだけ、「勃興した西洋がなぜ崩れることになるのか」に触れるといった体裁をとっている。

本の中でシュペングラーは、西ヨーロッパ勃興の最大の理由は「子孫に対する配慮にある」と主張している。ゲルマン人には子孫に対する配慮の念が極めて強かった。したがって、家系図が重要であった。それは古代ローマやギリシャには見られない現象であって、まさに近代西ヨーロッパ文明とは家族団体の蓄積によって生まれたのだとシュペングラーはいうのである。

『西洋の没落』を読んで、私は日本のことを思ったものである。考えてみると、日本においても、かつては家族団体の蓄積が行われていたのである。それを一番よく知っていたのがアメリカ占領軍であった。ＧＨＱが最初に日本に来たとき、その光景を見て驚いたという話がある。すべて焼け野原で、残っている家を見てもアメリカほど立派な家はない。天然資源もまるでない。こんな国がどうしてドイツも足元に及ばないほどの強力な海軍や強い空軍をつくることができたのか。イギリスをアジアから追い払い、一時はイギリスの東洋艦隊やアメリカの太平洋艦隊も撃滅した。やり方さえ間違えなければ、アメリカでも勝てなかったかもしれないような大戦争を、なぜ日本は遂行することができたのか。「とても信じられない」というのである。そして、「なぜか」とその理由を考えた。その結果、アメリカの見出した答えが家族団体の蓄積を大切にする日本の家族制度であったのである。そして、そこから導き出された答えは「再び日本を強力な軍事国家にしないためには家族制度を破壊すればいい」ということであった。そう結論づけたアメリカは、家族を解体するようなあらゆる手を打ってきた。そして、それを忠実に実行したのが、左翼がかった日本の官僚たちであったのである。

占領軍はまず財閥を解体した。大きな財閥がないと国は繁栄しない。それがわかっているから、アメリカでは誰も財閥解体を唱えないし、実行しようともしない。ある国際経済機関の関係者の話では、国際政治の水面下でアメリカの巨大財閥が政治を動かしているが、表面に出てこないから批判の対象にならないのだ、ということであった。

このことに関連して私が非常に興味を持つのは、韓国が急に勃興した理由である。朝鮮戦争以後の韓国は実に惨憺《さんたん》たる国で、いつまでたっても復興の気配もなかった。当時は一人当たりの個人収入がアフリカ並みで、一人当たり国民所得最低国のひとつであったはずである。それを一挙に復興させたのが、朴正熙《ぼくせいき》大統領であった。朴大統領は日本人から教育を受けて、日本の士官学校を出ている人だが、大統領になってどのように自分の国を復興させるかというときに、日本の明治維新を参考にした。それゆえ自分の政策を維新革命と呼んだのである。そして、その維新革命の方針のひとつに財閥をつくるということがあった。李朝末期に朝鮮が近代化できなかったのは民間に金持ちが一人もいなかったからだ、と朴大統領は考えたのであろう。それを解消するために、財閥育成に努めたのである。

これは維新後の明治日本で井上馨《かおる》がやろうとしたことと同じである。井上馨は権力を利用して財閥に有利に事を進めようとしたといわれ西郷隆盛などに疎《うと》まれたが、視点を変えれば、財閥の育成が明治の日本に欠かせないことであるとわかっていたのであろう。その点で、非常に日本の役に立った人だと私は評価している。事実、財閥の主導によって産業革命が起こり、そこで富を蓄積し、日本は近代国家としての基盤を固めることができた。ゆえに占領軍が財閥を解体したことは、日本の国家の基盤を解体したことでもあったわけである。

さらに占領軍は、土地の解体を行った。これは地主の解体といいかえてもいい。民主化政策の名を借りてはいるが、その真の目的は日本の国力を削ぐことにあった。それが証拠に、アメリカで土地の解体をやるかといえば、絶対にやりはしないであろう。もしテキサス州で農地や牧場の解放をやるとブッシュ大統領がいおうものなら、その翌日には反ブッシュの嵐が巻き起こることであろう。アメリカという国は、自らの国力のもとになるものは決して変えることがない国なのである。

占領軍が行おうとしたのは、日本の家を中心とした富の保持力の解体である。それによって、日本の国力を低下させることを狙ったわけである。家を中心に物事を考えると、否応なく子孫のことを考えざるを得ない。そこには子孫のために富を蓄積しようという思想が形づくられることになる。それを知って、アメリカは家の解体を謀ったのである。

そして、彼らの狙いは見事に的を射たといえるであろう。「家」が見事に解体されてしまった今、子孫について考える日本人は次第に少なくなっているように見える。先に指摘したように、「三代続いたらつぶしてしまえ」という税制度が、子孫のことを考えても仕方がないという風潮をつくってしまったのである。

相続のときに財産分与をする、つまり遺留分を相続に入れるという発想は、家族法、民法改正のときに左翼の息がかかった民法学者や官僚が考え出したことである。これは、力は集中をもたらすから、とにかく富を分散して蓄積をなくしてしまえ、という方針からつくられた制度であると思われる。その手にまんまと引っかかって、むざむざ伝統の蓄積を失ってしまっているのが今の日本の姿である。

露伴はいっている。「文明といふことは、凡《すべ》て或人々《あるひとびと》が福を植ゑた結果なのである。災禍《さいか》といふことは、凡て或人々が福を戕殘《しょうざん》（切り損う）した結果なのである」と。この日本がもう一度復興するためには、植福の価値を一人ひとりの日本人が見直し、その精神が発揮しやすい社会を再構築すること以外にはないのではないかと思える。また、そうした精神を残していくことこそが子孫に対する最大の植福なのである。

「徳を積むのは人類の今日の幸福の源泉になつて居る。眞智識を積むのも亦《また》人類の今日の幸福の源泉になつて居る。徳を積み智を積むことは、卽《すなわ》ち大なる福を植うる所以《ゆえん》であつて、樹を植ゑて福惠《ふくけい》を來者《らいしゃ》に貽《おく》る如き比では無い」という露伴の言葉を今、我々は重く受け止めなければならない。

第三章 学ぶ者のための上達の極意

1 学問を身につけるために必要な四つの標的

射《しゃ》を學《まな》ぶには的《まと》が無《な》くてはならぬ、舟《ふね》を行《や》るにも的《まと》が無《な》くてはならぬ。路《みち》を取《と》るにも的《まと》が無《な》くてはならぬ。人《ひと》の學《がく》を修《おさ》め身《み》を治《おさ》むるにも亦的《またまと》が無《な》くてはならぬ。随《したが》つて普通教育《ふつうきょういく》、即《すなわ》ち人々個々《じんじんここ》の世《よ》に立《た》ち功《こう》を成《な》す所以《ゆえん》の基礎《きそ》を與《あた》ふるところの教育《きょういく》にも、亦的《またまと》が無《な》くてはならぬ。又随《またしたが》つて其《そ》の教育《きょういく》を受《う》くるものに在《あ》つても、亦的《またまと》とするところが無《な》くてはならぬ。

人《ひと》にして的《まと》とするもの無《な》ければ、歸《き》するところ造糞機《ぞうふんき》たるに止《とど》まらんのみである。教育《きょういく》にして的無《まとな》く、教育《きょういく》を受《う》くるものにして的《まと》とすべきところを知《し》らざれば、讀書佔畢《どくしょてんひつ》は、畢竟蚊蝱《ひっきょうぶんぼう》の鼓翼《こよく》に異《こと》ならず、雪案螢燈《せつあんけいとう》の苦學《くがく》も、枉《ま》げて心《こころ》を勞《ろう》し身《み》を疲《つか》らすに過《す》ぎざるものであらう。然《しか》らば即《すなわ》ち基礎教育《きそきょういく》の的《まと》とすべきは、何様《どう》いふもので有《あ》らうか。又其《またそ》の教育《きょういく》を受《う》くるものゝ的《まと》として、眼《まなこ》を着《つ》け心《こころ》を注《つ》ぐべきは、何様《どう》いふところで有《あ》る可《べ》きであらうか。

予《よ》が教育及《きょういくおよ》び教育《きょういく》を受《う》くるもの若《も》しくは獨學師無《どくがくしな》くして自《みずか》ら教《おし》ふるものゝ爲《ため》に、其《そ》の標的《ひょうてき》とせんことを奬《すす》むるものは僅《わずか》に四箇《よんこ》の義《ぎ》である。

如何《いか》なるか是四箇《これよんこ》の標的《ひょうてき》。一《いち》に曰《いわ》く、正《せい》なり。二《に》に曰《いわ》く、大《だい》なり。三《さん》に曰《いわ》く、精《せい》なり。四《し》に曰《いわ》く、深《しん》なり。此《こ》の四《よっつ》はこれ學《がく》を修《おさ》め、身《み》を立《た》て、功《こう》を成《な》し、徳《とく》に進《すす》まんとするものゝ、眼必《めかなら》ず之《これ》に注《そそ》ぎ、心必《こころかなら》ず之《これ》を念《おも》ひ、身必《みかなら》ず之《これ》に殉《したが》はねばならぬところのものである。之《これ》を標的《ひょうてき》として進《すす》まば、時《とき》に小蹉躓《しょうさてつ》あらんも、終《つい》に必《かなら》ず大《おおい》に伸達《しんたつ》するを得《う》べきは疑《うたが》ふべくも無《な》い。

（『努力論』「修學《しゅうがく》の四標的」より）

学問を志す人の四つの心掛け――正・大・精・深

「人々個々の世に立ち功を成す所以《ゆえん》の基礎を与《あた》ふるところの教育にも、亦的《またまと》が無くてはならぬ」と露伴はいう。目的地がなければ出発できないように、あるいは的がなければ矢を射ることができないように、目標のない学問は何も生み出さない。ゆえに、教育には目標を掲げることが重要なのである。これは露伴の指摘を待つまでもないことであろう。

では、学を修めようと思った場合、どのような目標を掲げればいいのだろうか。露伴はそれを「正、大、精、深」の四つであるとしている。さらに、この四つは学を修めようとする人だけではなく、「身を立て、功を成し、徳に進まんとするもの」が必ず目標とし、常に忘れることなく心に抱き、従っていかなければならないものであるという。

つまり、よりよき人生を獲得しようとする人ならば誰でも、「正、大、精、深」を目標として掲げるべきである。この四つの目標のもとに歩を進めれば、必ずや納得のできる人生を送ることができるということなのである。

この四点の真意はどこにあるか、次に見ていくことにしよう。

2　学ぶ順番を間違えると本当の学問は身につかない

正《せい》とは中《ちゅう》である。邪僻偏頗《じゃへきへんぱ》、詭詖傾側《きひけいそく》ならざるを言《い》ふのである。學《がく》をなすに當《あた》つて、人《ひと》に勝《まさ》らんことを欲《ほっ》するの情《じょう》の強《つよ》きは、惡《わる》き事《こと》では無《な》い。然《しか》し人《ひと》に勝《まさ》らんことを欲《ほっ》するの情強《じょうつよ》きものは、やゝもすれば中正《ちゅうせい》を失《うしな》ふの傾《かたむき》がある。人《ひと》の知《し》らざるを知《し》り得《え》、人《ひと》の思《おも》はざるに思《おも》ひ到《いた》り、人《ひと》の爲《な》さゞるを爲《な》し了《りょう》せんとする傾《かたむき》が生《しょう》じて、知《し》らず識《し》らず中正公明《ちゅうせいこうめい》のところを逸《いっ》し、小徑邪路《しょうけいじゃろ》に落《らく》在《ざい》せんとするの状《じょう》をなすに至《いた》るものである。

學《がく》や〻成《な》つて後《のち》に、然様《そう》いふ路《みち》を取《と》るならば、或《あるい》は其《そ》の人《ひと》の考次第《かんがえしだい》で宜《い》いかも知《し》らぬが、それですら正《せい》を失《うしな》はざらんとするの心《こころ》が其《そ》の人《ひと》に無《な》くてはならぬのである。

（『努力論』「修學の四標的」より）

まずはオーソドックスなことから学べ

「正」について露伴が強く唱えているのは「学問には正道というものがある」ということである。これは当然のことのように思える。ところが、人というのは他人の知らないことを知ろうとするあまり、往々にして「知らず識らず中正公明のところを逸《いっ》し、小徑邪路《しょうけいじゃろ》に落在《らくざい》せんとする」。つまり、オーソドックスなところを避けて、珍奇《ちんき》なところに入ろうとする傾向があると露伴は観察している。確かに、他人の知らないことを知っていることで満足を得たいという心理は、多くの人間が持つものであろう。

露伴は、珍奇なことを学ぼうとすること自体を否定しているわけではない。それは悪いことではないのだが、その前に学ぶべきことがあるのではないか、といっているのである。珍奇なものを学ぶのはオーソドックスなことをしっかり習得してからの話にすべきである、ということなのである。つまり、学ぶには順番があるということなのである。

たとえば東洋思想を学ぼうとするならば、まずは四書五経から始めるべきである。とくに『論語』のような基本的な書物はしっかり学ばなければならない。変わったものを読みたいのなら、そののちにするべきである。このように、あらゆる学問においても最初に学ぶべきものがある。西洋の歴史を学ぶ場合の常套《じょうとう》手段は、ギリシャ・ローマの思想から始めることである。そのあとカトリックの思想を学ぶことによって中世を理解し、それに対する反発としての近世の現れ方を学ぶ、という道をたどって行くべきであろう。西洋の歴史を学ぼうというときに、いきなりオカルトの研究から始めるのは学問の正道ではない。

オカルトの研究を行うことが悪いのではない。しかし、西洋を西洋たらしめたものがオカルトであるかといえば、そういうことではあるまい。オカルトは世界のどこにでもある。未開の社会にも、あるいは日本にもあり、西洋に限られたものではない。したがって、オカルト研究によって覗《のぞ》くことができる西洋は、その全体ではなく一部にすぎない。その研究はその研究でいいが、本当に西洋の歴史を学ぼうというのであれば、オーソドックスなことをやらなくてはならない。これが露伴のいう「正」である。まずはオーソドックスなことから学べ、ということである。

3 専門化の時代なればこそ、大きな目標を持つことが必要である

大《だい》は人皆之《ひとみなこれ》を好《この》む。多《おお》く言《い》ふを須《もち》ゐぬ。今《いま》の人殊《ひとこと》に大《だい》を好《この》む。愈々多《いよいよおお》く言《い》ふを須《もち》ゐぬ。然《しか》れども世或《よあるい》は時《とき》に自《みずか》ら小《しょう》にして得《え》たりとするものあり。

一二例《いちにれい》を擧《あ》げんか。彼等《かれら》の或者《あるもの》は曰《いわ》く、予才拙學陋《よさいせつがくろう》なり、たゞたま／＼俳《はい》諧《かい》を好《この》み、闌更《らんこう》に私淑《ししゅく》す、願《ねが》はくは一生《いっしょう》を犧牲《ぎせい》にして、闌更《らんこう》を研究《けんきゅう》せんと。或者《あるもの》は曰《いわ》く、予詩文算數法醫工技《よしぶんさんすうほういこうぎ》、皆之《みなこれ》を能《よ》くせず、たゞ心《こころ》ひそかに庶物《しょぶつ》を蒐集《しゅうしゅう》するを悦《よろこ》ぶ。マッチの貼紙《ぺーぱ》を集《あつ》むる卽《すで》に一年《いちねん》、約三五千枚《やくさんごせんまい》を得《え》たり。異日積集大成《いじつせきしゅうたいせい》して、天下《てんか》に誇《ほこ》らんと欲《ほっ》すと。是《かく》の如《ごと》きの類《たぐい》、或《あるい》は學者《がくしゃ》の如《ごと》く、或《あるい》は好事家《こうずか》の如《ごと》く、或《あるい》は畸人《きじん》の如《ごと》きものが甚《はなは》だ少《すく》なくない。

闌更《らんこう》の研究《けんきゅう》、マッチのペーパの蒐集《しゅうしゅう》を廢《はい》せよといふのでは無《な》い。たゞ是《かく》の如《ごと》きことは、學成《がくな》り年《とし》やゝ長《た》けて後《のち》、之《これ》を爲《な》すも可《か》なりである。學《がく》に從《したが》つて居《い》る中《うち》は、力《つと》めて眼界《がんかい》を擴大《かくだい》し、心境《しんきょう》を開拓《かいたく》し、智《ち》を廣《ひろ》くし、識《しき》を多《おお》くし、自《みずか》ら自己《じこ》を大《だい》になさむことを欲《ほっ》せなければならぬ。

（『努力論』「修學の四標的」より）

大きな世界を知ると小さな世界もよく見える

学を修める場合に目標とするべき「大」とはどういうことなのか。これについて露伴は、次のような例を挙げている。

俳諧の研究をしたいというとき、自分は俳諧では闌更《らんこう》が好きなので、一生をかけて闌更を研究したいという人がいる。あるいは、自分はいろいろなものを集めるのが好きなので、マッチのレッテルを集めようと、一年に三千枚も五千枚も集めた。将来は世界中のマッチのレッテルの収集家になりたいという人がいる。

こうしたことも悪いことではない。しかし、当初からこのようなものを人生の目的とするのは、あまりにも「小」ではないのか。こういうことは「學成《がくな》り年や、長《た》けて後」に行えばいいことであって、まだ年も若く意欲的に学べる時期には、できるだけ広い世界に目を向けて、知識を広め、能力を開拓し、自らの器を大きくするように務めなければならない。最初から小さな所に自己を限定するのは好ましくないということなのである。

これと似たような話を、ある大学の教授から聞いたことがある。その教授は見所があると思った若手研究者を大学に招き、授業を持たせようとした。すると、その研究者は江戸時代の無名の漢学者の日記をテーマにした授業をやりたいと申し出た。しかし、それは学生のレベルを考えると難しすぎるように思えた。そこで教授が「それはちょっと難しい。『奥の細道』でもやってください」というと、「『奥の細道』はやったことがありません」という返事が返ってきたというのである。つまり、その若手研究者は無名の漢学者の日記ばかり研究していて、『奥の細道』についてはほとんど知識がなかったのである。これには教授も驚き、『奥の細道』も教えられないような先生を呼んでしまったと随分後悔され、のちにその研究者には辞めてもらったという話である。

私が学んだ上智大学の英文科は、英文学史を非常に重んじた講義を行っていた。英文科をつくったロゲン先生は、ケンブリッジ大学の文学部英文科の最初の教授であったサー・クイラー・クーチの弟子である。この先生の書いた英文学史をもとに私たちは英文学史を習ったのだったが、この英文学史の特徴は、英文学の研究書を読むのではなく、作品そのものを読んで書かれているという点にあった。つまり、先生が文学史の講義の中で取り上げている作品は、すべて自分で読んだ作品なのである。先生はいわゆる論文《ペーパー》はあまり書かれず、英文学史上の代表的作品をすべて読むことに一生を捧げられた感じの方であった。専門が分化し、特定の作家の特定の作品を専門にする傾向が強い現代にあって、一人で英文学通史を志されたロゲン先生の志は「大」と言うべきであろう。このような先生に、通史で文学史を習うことができたのは実にありがたいことであった。

文学史を通史で学んでいると、そこに出てくる人物の誰が偉いのかがおおよそつかめるようになる。つまり人物の大きさが見えるようになるのである。ゆえに自分がそのときどきに関心を抱いて読んでいた作家が、文学史上、どの程度の位置づけにある人物なのかがよくわかった。格が低い作家は、そのような評価なのだとわかった上で読んでいた。そのため、そういう作家に自己満足的にのめり込むということがなかった。通史を学ぶことの意義はこういうところにある。何が重要か、何を軽視していいのかが見えてくる。

ところが、聞いた話によると、その当時、相当に有名な大学でも通史の文学史を教えている大学は少なかったらしい。先生方はそれぞれに専門家であり、自分の専門を教えることには熱心だが、その反動として、通史の文学史を軽視する傾向があったようなのである。その点で上智の英文科は例外的であった。そして幸いにも、私はその恩恵を十二分に受け取ることができたと思う。

細分化の時代に求められる大きな視野

最近、小西甚一《じんいち》氏の『俳句』という本を読んでいたところ、序文の中に次のようなことが書かれていた。小西先生が高等師範学校で『奥の細道』を教えていたときの話だそうである。「月日は百代の過客にして、行き交う人もまた旅人なり」という一文は白居易《はっきょい》にその源があると小西先生がいうと、学生から「芭蕉《ばしょう》のような偉い人が剽窃《ひょうせつ》から始まったのですか」という質問があった。それに驚いた先生は、俳諧の歴史から教えなくてはならないとお考えになった。それが天下の名著といわれる『俳句』を著すきっかけになったのだという。小西先生は『日本文芸史』という四巻にわたる大著も出されておられるが、これも「通史として見ないと見えないものがある」ということをお考えになってのことではなかったであろうか。つまり、小西先生は「大」を志向されたのである。

日本の英文学の世界では、東大でラフカディオ・ハーンのあとに英文学教授となった斎藤勇先生の畢生《ひっせい》の大作『英文学史』などは、まさに「大」を志したものである。斎藤先生は非常によく作品にあたられて、一冊で英文学全体をしっかりと見せてくれる本に仕上げられた。

実は私は、この本には感謝しなければならないことがある。ドイツで学位をとる際、二時間の口頭試問があった。口頭試問は、自分の担当教授が行うわけではなく、誰が何を聞いてもいいことになっていた。私に質問をしてきたのは、講義は聴いたことはあるが親しくはなかった英文学の主任教授メルトナー先生であった。その教授が随分細かい、いいかえれば意地悪な質問を投げかけてきたのである。しかし、私は斎藤先生の英文学史を徹底的に読んでいたため、その質問にすらすらと答えることができた。それは質問をした教授が驚くほどであった。お陰で私は優等に相当する評価(magna cum laude)《マグナ・クム・ラウデ》を得ることができたのである。

斎藤先生には、日本の英文学を自分から始めるという広大なる気宇があったのであろう。ゆえにまず英文学を通観しようという野心があったのではなかっただろうか。その後いろいろな文学者が文学史に取り組んでいるが、それぞれの専門にとらわれる傾向があることは否めない。また、何人もで書いた文学史も多々あるが、通読して参考になるものは少ない。やはり一人の人間が「大」なる志を持って書いたものであるからこそ、大きな意味を成すのである。

ノーベル生理医学賞を受賞したアレクシス・カレルが『人間――この未知なるもの』を書いたとき、その動機を語っている。それによると、彼は「あまりに医学が細分化してしまったため、もう一度人間というもの全体を通観する必要があるのではないかと考えた」というのである。そして、「自分の本の中に一行で書いてあることにも、たくさんの学者が一生をかけたほどの研究が詰まっているのだ」といっている。カレルもまさしく「大」を望んだ人の一人であった。

今、学問の世界は細分化され、専門化が進んでいる。しかし、専門化が進めば進むほど、こうした「大」を志す気迫のある人が求められるというのも一面の真実であろう。

鷲《わし》は天《てん》の高《たか》きに翔《か》けりて雙眸《そうぼう》の裏《うら》に幾十里《いくじゅうり》の山河丘谷《さんがきゅうこく》の位置形勢《いちけいせい》を納《い》るゝものなり。蚯蚓《みみず》は地《ち》の卑《ひく》きに居《い》て少許《しょうきょ》の泥土《でいど》を呑吐《どんと》するものなり。詩人《しじん》よ、鷲若《わしも》し地圖《ちず》を作《つく》りたらんには見《み》よ、卿《きょう》の路《みち》を行《い》くに益《えき》あらん。蚯蚓《みみず》の描《か》きたるものを見《み》て以《もっ》て地圖《ちず》となすなかれ、卿は精細《せいさい》に蚯蚓《みみず》が描《か》ける圖《ず》を檢《けん》するとも畢竟《ひっきょう》はたゞ彼《かれ》は自《みずか》ら描《か》きたる怪《あや》しき圖《ず》の一端《いったん》に彼《かれ》が遺骸《いがい》の横《よこ》たはるを見《み》んのみ。

（『靄護精舍雜筆《あいごしょうじゃざっぴつ》』「鬼語《きご》」より）

専門家の意見はしばしば現実を見誤るものである

これは『靄護精舎雑筆《あいごしょうじゃざっぴつ》』の中にある「鬼語《きご》」と題された文章の一節である。ここで露伴は、みみずと鷲《わし》を比べながら「狭いところをよく知っている人の話は人を導くには危険である」ということを述べようとしている。露伴のいうように、専門家というのはしばしば〝みみず〟のようなものであって、非常に狭いところしか見ていないものである。これとは逆に、非専門家であっても、鷲のように空の高みに昇って、ひとつのことにとらわれずに数十里を見渡せるような人こそ、道しるべとしては役に立つのである。

ひとつ例を挙げてみよう。第二次世界大戦の最中の話である。ヒトラーがフランスを攻めるらしいという情報がフランスにもたらされた。そのとき、哲学者ベルグソンがフランスの軍事当局に次のように忠告したという。「ヒトラーみたいな人間はおそらくマジノ線を突破するようなことはしないだろう。全く別のところからやって来るかもしれない」。彼は詩人、哲学者であって、軍事のことは何も知らない。ゆえにフランス軍の司令部は彼の忠告を無視した。「軍事の素人の、哲学や詩をやっているやつに何がわかるのか」というわけである。しかし、現実には、ヒトラーはその哲学者の忠告したとおりの行動をとったのである。

みみずに聞けば土のことはよくわかるであろう。しかし、大きな視野を手に入れることはできない。一方、鷲は地面に足をつけないからこそ地形がよくわかるのである。人々を指導する政治家というものは、おそらく鷲のようにあるべきものなのではなかろうか。

もうひとつ例を挙げてみよう。マーガレット・サッチャーという人は、大学での専門は化学であった。豊かな家に嫁いで子どもを産んだが、乳母《めのと》を雇う余裕があったため、自分の時間を持つことができた。そこで彼女は法律の勉強をし、弁護士になったのである。彼女は税法の勉強をしていたため数字に強く、議会の予算審議などの場で非常にすぐれた討論を繰り広げた。しかし、数字には強いが外交は全くの未知数である。ゆえに、彼女がイギリス首相になったとき、一番の弱点は外交であろうといわれていた。ところが現実には、彼女が一番成功したのは外交だった。大きな目で見れば、ソ連を崩壊に追い込んだのはレーガンと協力をした彼女の外交の功績である。これは彼女が外交の専門家でなかったがゆえに、かえって大局をつかめたといって差し支えないであろう。

こういう自らの専門外のことで成功することが世の中にはしばしばある。政治家の間では「総理大臣になると、自分が一番得意だと思っていることで失敗する」とよくいわれる。得意であるだけに〝みみず〟になってしまうということであろう。

4　精密に行うことによって学問は発達する

精《せい》の一語《いちご》は之《これ》に反對《はんたい》する粗《そ》の一語《いちご》に對照《たいしょう》して、明《あきら》かに解《かい》し知《し》るべきである。卑俗《ひぞく》の語《ご》のゾンザイと云《い》ふは精《せい》ならざるものを指《さ》して言《い》ふので、精《せい》は即《すなわ》ちゾンザイならざるものをいふのである。物《もの》の緻密《ちみつ》を缺《か》き、琢磨《たくま》を缺《か》き、選擇《せんたく》おろそかに、結構行屆《けっこうゆきとど》かざる類《たぐい》は、卽《すなわ》ち粗《そ》である。米《こめ》の精白《せいはく》ならず、良美《りょうび》ならず、食《くら》ひて味佳《あじか》ならず、糟糠《そうこう》いたづらに多《おお》きが如《ごと》きは、卽《すなわ》ち粗《そ》である。之《これ》に反《はん》して物《もの》の實質《じっしつ》の善《よ》く緻密《ちみつ》にして、琢磨《たくま》も十分《じゅうぶん》に、選擇《せんたく》も非《ひ》ならず、結構《けっこう》も行屆《ゆきとど》いて居《い》る類《たぐい》は卽《すなわ》ち精《せい》である。米《こめ》の糟糠全《そうこうまった》く去《さ》り除《のぞ》かれ、良美《りょうび》にして精白《せいはく》、玉《たま》の如《ごと》く、水晶《すいしょう》の如《ごと》く、味《あじわ》ひて其《そ》の味《あじ》も佳《か》なるものは、卽《すなわ》ち精《せい》である。

何《なに》によらず精粗《せいそ》の差《さ》たるや實《じつ》に大《だい》なりである。學問《がくもん》の道《みち》にも、精粗《せいそ》の二《ふた》つがある。勿論其《もちろんそ》の精《せい》を尙《たっと》ぶのである。其《そ》の大《おお》ザッパで、ゾンザイであるのをば、斥《しりぞ》けねばならぬのである。

（『努力論』「修學の四標的」より）

精密に見ることが促した自然科学の発達

学を修めるときに目標とするべき「精」について露伴はこういっている。「精《せい》の一語は之《これ》に反對《はんたい》する粗《そ》の一語に對照《たいしょう》して、明かに解《かい》し知るべきである」。では「粗《そ》」とは何かといえば、それは「物の緻密を缺《か》き、琢磨《たくま》を缺《か》き、選擇《せんたく》おろそかに、結構行届《けっこうゆきとど》かざる類《たぐい》」、すなわち「ゾンザイ」なことであるという。

「精」と「粗」の違いについて、露伴は、漢文を学ぶ姿勢を例に次のように述べる。

漢文を学ぶ場合、句読点にこだわることを批判する人がいる。そういう人が根拠にするのは、諸葛孔明《しょかつこうめい》の「讀書たゞ其《そ》の大略を領《りょう》した」という言葉や、陶淵明《とうえんめい》の「讀書甚《はなは》だ解するを求めず」という言葉である。諸葛孔明や陶淵明が「読書は大略がわかればいい」「あまり深読みするのはよくない」といっているではないか、というわけである。しかし、諸葛孔明や陶淵明がこのようにいうのは、精密に読んできたという蓄積があってのことである。これから勉強をしようという人が、最初から「句読点はどうでもいい」などといえば、漢文を正確に読めるわけがない。

なるほど、これはそのとおりであろう。学問において精密であるということは極めて重要なことである。それが如実に現れているのが自然科学の発達の歴史である。自然科学がどのように発達したかといえば、それは精密に物を見ることが蓄積されたからに他ならない。ニュートンが重力の法則を発見したのも、たえず自然現象を緻密に考え続けたからである。西洋の自然科学が発生する頃の観察の緻密さは、人類の文明史に残る特徴といってもいい。それほどの緻密さがあったからこそ、自然科学の方法が確立できたわけである。ゆえに、学問を確立するための要所の中には、必ず「精」が入っていなければならないということになるのである。

私が語学の教師として絶えず主張していることも「精」の重要性である。実用性という観点から語学を見ると、一番役に立つのは会話ができるということである。それは確かなことなのだが、現在の語学学習は会話に重点を置くあまり、反動として文法をないがしろにしすぎる傾向にある。たとえば、今の英語の教科書でも、大半は英文法の項目を入れていない。その結果、まともな英語を書ける人がどんどん少なくなっている。買い物はできるが、正しい文章を書ける人がいなくなっているわけである。これは同時に、難しい本を正確に読める人が少なくなったという意味にもなる。今の文部科学省の方針は「低きに合わせる」という傾向が強い。日常英会話ができるようになることを語学学習の目標にするのは理解できなくはないが、最終目標がそのレベルでしかないということは、昔の植民地の人たちのメンタリティーと同じである。

中世以降の西ヨーロッパ人がラテン語やギリシャ語を読むときに重視したのは、文法に基づいて徹底的に正確に読むことであった。それゆえに、彼らはプラトンもアリストテレスもキケロもセネカも、身につけることができたのである。それができたことが西ヨーロッパの誕生へとつながったと私は考えている。いうまでもなく、これはイタリア語会話やギリシャ語会話ができるようになるのとは全く次元の違う話である。

また、日本が近代化に成功した理由のひとつも、非西洋世界で西洋の本を正確に読めた唯一の国であったということである。西洋と接触した有色人種の国はたくさんあるが、どの国も今の文部科学省が進めているような会話教育的なレベルで勉強が終わっていた。ところが日本は、西洋の一番難しい本を読むような努力をした。ゆえに日本にはカントの全集も、ゲーテの全集も、シェークスピアの全集もあるのである。それどころか、ヴァレリーのようにフランス本国にない全集まで揃《そろ》っている。これはすべて、「正確に読む」というところから始まったことなのである。

低きに合わせる教育は「粗」の人間を生み出す

日本人の場合、つい最近まで外国と触れる機会がなかったため、条件反射を主とする会話能力が足りないのは事実である。その欠点を補おうという文部科学省の考え方はわからなくもない。しかし、そこだけに目が行きすぎて、語学教育の真の意義を見失うことは注意しなければならないことである。

多摩大学学長の中谷巌氏と一緒に、かつてヨーロッパを講演旅行で歩いたことがあった。そのとき中谷氏といろいろ話したのだが、その中で強く印象に残っている話がある。それは中谷氏がハーバード大学に留学して、博士論文を書いているときの話である。中谷氏は英作文に自信がなかったため、アメリカ人の学生に論文を読んで直してもらったことがあるのだという。そして直してもらったものを教授のところに持っていくと、教授がそこに手を入れている。どこをどう直されたのかと確かめたところ、中谷氏が最初に書いたとおりの英語に直されていたというのである。これはどういうことかといえば、日本で教えられた英文法に則った文章のほうが、アメリカの大学ではよく通用したということなのである。

中谷氏と同じような体験は私にも何度かあった。留学をすると、日本人は必ずといっていいほど自分の会話の下手なことに気づかされる。外国に触れる機会がなく行っているのであるし、植民地になったことも外国人の家のメイドやボーイになったこともないのであるから、反応が遅いのは認めざるを得ない。そのため、初めは先生から馬鹿みたいに思われることも少なくない。ところが、ひとたびレポートを書いて提出すると、先生の態度がガラリと変わるのがわかる。会話は下手だが、文法をしっかり学んでいるから文章は正確に書けるのである。

これは中谷氏や私だけの体験ではない。最近も私の弟子で、アメリカの一流大学で学位を取得した男が同じことをいっていた。彼の知り合いのアメリカ人の先生がいうには、会話が間違っていてもアメリカのような移民の多い国ではあまり気にならないが、文法の間違ったレポートは見る気がしない、ということだそうである。

日本人は、こうした事情を意外に知らないようである。ゆえに、「会話がうまくなるために」と外国に行く学生は多いが、そこで修士や学士まで取得できる学生が少ないのである。これは明らかに文法軽視の弊害である。会話を重視するあまり文法を粗雑にしてしまうと、頭の粗雑な生徒が増えてくるおそれが非常に強い。これは容易に看過できない事態であるといっていい。

事実、学力を最も即物的に見ている一流進学塾の英語の講師はこういっている。「五年前の早稲田、慶応に入るだけの文法知識があるならば、今は東大に入れる。五年前の日東駒専に入る英語の文法力があれば、今なら早稲田、慶応に楽に入れる」と。さらに、「これは副詞節だからと教えても、そもそも〝節〟の概念が摑《つか》めない。だから、説明のしようがない。昔は、文の種類は五つあるというのが常識で、それを高等学校で習ってくることになっていたから予備校で教える必要はなかった。しかし、今はそこから始めなければならない」といって嘆いているのである。

これは英語だけでなく、おそらく数学などでも同じであろう。昨今の話題でいうと円周率のことがある。円周率は3でいいとすると、円周は直径の三倍の長さになる。するとこれは正六角形の外周の長さと同じことになってしまう。円と正六角形が同じであることはありえないにもかかわらず、そうなってもいいとして教えているのである。これは学問を修めるにはあまりにも粗雑な考え方であろう（その後、文部科学省も円周率についての授業方針を変えたようだ）。

このように一律に粗雑なことを教えているのであるから、そこに粗雑な頭の人間が生まれてくるのは自明の理である。文部科学省がどうしてもこの方針を貫きたいというのなら、小学校の高学年、あるいは中学高校の段階で、精密なことができる生徒とできない生徒を分けるしかあるまい。実際に西洋は学校が自然発生しただけあって、そのあたりのことはよくわかっている。ドイツでは小学四年生で最初の選択を行い、さらにもう少し進むと大学に進むコースと進まないコースに分けている。イギリスでも、OレベルやAレベルのように分けていく。そういう選択を何もしないまま一律に下にレベルを合わせるというのは、「精」の精神を学業から追い落とすことになることを忘れてはならない。

露伴もいっている。「学を修むるものにして、苟《いやしく》も学の精なるを力《つと》めざるが如くんば、その人万事の観察施設、皆精ならずして、世に立ち事に処するに当っても、自ら過《あやまち》を招き失《しつ》を致すこと、蓋《けだ》し多々ならんのみである」と。世の中の役に立たない人間を育てる教育というものがあっていいわけはないのである。

5　特定分野で頭角を現すには「深く」学ぶといい

深《しん》は大《だい》とは其《そ》のおもむきが異《ことな》つて居《い》るが、これも亦修學《またしゅうがく》の標的《ひょうてき》とせねばならぬものである。たゞ大《だい》なるを勉《つと》めて、深《ふか》きを勉《つと》めなければ、淺薄《せんぱく》となる嫌《きらい》がある。たゞ精《せい》なるを勉《つと》めて、深《ふか》きを勉《つと》め無《な》ければ、澁滯拘泥《じゅうたいこうでい》のおそれがある。たゞ正《せい》なるを勉《つと》めて、深《しん》なるを勉《つと》め無《な》ければ、迂闊《うかつ》にして奇奥《きおう》なるところ無《な》きに至《いた》る。井《い》を鑿《ほ》る能《よ》く深《ふか》ければ、水《みず》を得《え》ざること無《な》く、學《がく》を做《な》す能《よ》く深《ふか》ければ、功《こう》を得《え》ざることは無《な》い。學《がく》を做《な》す偏狭固陋《へんきょうころう》なるも病《やまい》であるが、學《がく》を做《な》す博大《はくだい》にして淺薄《せんぱく》なるも、また病《やまい》である。たゞ憾《うら》むべきは其《そ》の大《だい》を勉《つと》むる人《ひと》は、多《おお》くは其《そ》の深《ふか》きを得《う》るに至《いた》らざることである。

然《しか》し人力《じんりき》はもとより限有《かぎりあ》るものであり、學海《がっかい》は淼茫《びょうぼう》として、廣濶無涯《こうかつむがい》のものであるから、百般《ひゃっぱん》の學科《がっか》、悉《ことごと》く能《よ》く深《ふか》きに達《たっ》するといふ譯《わけ》に行《い》かぬのは無《む》論《ろん》である。故《ゆえ》に、深《しん》を標的《ひょうてき》とする場合《ばあい》は、自《おのず》から限《かぎ》られたる場合《ばあい》で無《な》ければならぬ。

天分薄《てんぶんうす》く、資質弱《ししつよわ》く、力能《ちからよ》く巨井《きょせい》を鑿《うが》つに堪《た》へざるものは、初《はじ》めより巨井《きょせい》を鑿《さく》せんとせずして、小井《しょうせい》を鑿《さく》せんことをおもふやうに、即《すなわ》ち初《はじ》めより部面《ぶめん》廣大《こうだい》なる學《がく》をなさずして、一小分科《いちしょうぶんか》を收《おさ》むるが可《よ》い。分薄《ぶんうす》く質弱《しつよわ》しと雖《いえど》も、一小科《いっしょうか》を收《おさ》むれば、深《しん》を勉《つと》めて已《や》まざるや、能《よ》く其《そ》の深《ふか》きを致《いた》し得《え》て、而《しか》して終《つい》に功《こう》あるを得《う》べき數理《すうり》である。たとへば純粋哲學《じゆんすいてつがく》を學得《がくとく》せんとするや、其《そ》の力《ちから》を用《もち》ゐる甚《はなは》だ洪大《こうだい》ならざるを得《え》ざるも、某哲學者《ぼうてつがくしや》を選《えら》んで其《そ》の哲學《てつがく》を攻究《こうきゆう》せんとすれば、部面《ぶめん》おのづからにして其《そ》の深《ふか》きを致《いた》し易《やす》きが如《ごと》き理《り》である。美術史《びじゆつし》を攻《おさ》むるを一生《いつしよう》の事《こと》とすれば、其《そ》の深《ふか》きを致《いた》さんこと甚《はなは》だ易《やす》からざるも、一探幽《いちたんゆう》、一雪舟《いちせつしゆう》、一北斎《いちほくさい》を攻究《こうきゆう》せんとすれば、質弱《しつよわ》く分薄《ぶんうす》きものも、亦或《またあるい》は能《よ》く他人《たにん》の遽《にわか》に企及《ききゆう》し易《やす》からざる深度《しんど》の研究《けんきゆう》を爲《な》し得《う》べきやうの數理《すうり》である。

日常些細《にちじようささい》の事《こと》でも矢張同一《やはりどういつ》である。娯樂《ごらく》でも何《なん》でも心《こころ》の中掌《うちて》の上《うえ》に持《も》つてゐるものは、願《ねが》はくは最高最善《さいこうさいぜん》のものでありたい。

或性格《あるせいかく》の人《ひと》は、種々《しゆしゆ》の樂《たのし》みの中《うち》で、『盆栽《ぼんさい》は好《この》むが他《ほか》は好《この》まぬ。盆栽《ぼんさい》でも草《くさ》の類《たぐい》は澤山《たくさん》あるが、己《おのれ》は草《くさ》は措《お》いて木《き》を愛《あい》する。又木《またき》にも色々《いろいろ》あるけれども、己《おのれ》は柘榴《ざくろ》を愛玩《あいがん》する。其《そ》の代《かわ》り柘榴《ざくろ》に於《おい》ては、誰《だれ》よりも深《ふか》く玩賞《がんしよう》し、且《かつ》柘榴《ざくろ》に關《かん》する智識《ちしき》と栽培經驗《さいばいけいけん》とを、誰《だれ》よりも深《ふか》く博《ひろ》く有《ゆう》して、而《そ》して誰《だれ》よりも善《よ》いのを育《そだ》てやう。』とするものがある。些細《ささい》のことであるが、柘榴《ざくろ》に於《おい》ては天下一《てんかいち》にならんことを欲《ほっ》して、最高級《さいこうきゅう》に志望《しぼう》を立《た》てるものがある。さういふ人《ひと》が若《も》し他《ほか》の娯樂《ごらく》に心《こころ》を移《うつ》したなら善《よ》い結果《けっか》は得《え》られぬが、是《かく》の如《ごと》くにして變《へん》ぜざれば第一《だいいち》になることは出來《でき》ないまでも、其《そ》の人甚《ひとはなは》しい鈍物《どんぶつ》ならざる以上《いじょう》、柘榴《ざくろ》に於《おい》ては決《けっ》して平凡《へいぼん》の地位《ちい》に終《おわ》らない。柘榴《ざくろ》の盆栽《ぼんさい》つくりに於《おい》ては他人《たにん》をして比肩《ひけん》し得難《えがた》きを感《かん》ぜしむるまでの高度《こうど》の手腕《しゅわん》を、其《そ》の人《ひと》は持《も》ち得《え》られるに至《いた》る。それは最高《さいこう》に志望《しぼう》を置《お》いた結果《けっか》で、凡庸《ぼんよう》の人《ひと》でも、最狭《さいきょう》の範圍《はんい》に最高《さいこう》の處《ところ》を求《もと》むるならば、その人《ひと》は蓋《けだ》し比較的《ひかくてき》に成功《せいこう》し易《やす》い。

（『努力論』「凡庸《ぼんよう》の資質と卓絶《たくぜつ》せる事功《じこう》」より）

限定された世界で能力を活かす生き方もある

学を修めるための四つめの目標は「深」である。学問において「大」を目指して広い目を養おうとすることは大切なことだが、「ただ大きいだけで深くなければ浅薄になるおそれがある」と露伴はいう。同時に、精密なだけで深さがなければ学問を押し進めることはできないし、正しいだけで深さがなければ学問の面白みはわからない。つまり、「正、大、精」だけでは駄目なのであって、それは同時に「深」でなくてはならないというのである。

しかし、現実問題として、すべての人間がこうした条件を満たすことができるわけはない。むしろ能力が限られ、条件が満たせない人のほうが多いといえよう。そういう人の場合は、自分の専門を徹底的に深めていって、その分野で一流になる道を歩めばいい。あれこれ手を出すのではなく、ひとつのことを集中的にやって極めるようにすればいい、と露伴はいっているのである。

たとえば純粋哲学を例に挙げると、それをすべて学んで身につけようとすると大変な力が必要であるし、現実にはなかなかできることではない。しかし、一人の哲学者を選んで、その哲学者を徹底的に研究することを通して哲学の世界に入れば、その哲学者の研究については一流になれる。かつ、哲学そのものも相当にわかった人になれる。このような入り方もあるのである。

美術史にしても、本来は通史を学ぶのがいいが、それは途方もない広がりを持つものである。それを成し遂げることは自分の力では無理であると思えば、探幽《たんゆう》や雪舟《せっしゅう》や北斎《ほくさい》など一人を選んで専門とし、一所懸命に研究をすれば、非常に狭い分野ではあるけれども一流になり得るのである。

これは先に述べたような、最初から「大」を見ずに小さな世界に入り込むということではない。広い世界を眺め、そこで自らの力を知った上で、分野を限定していくということなのである。

限定された範囲で「深」を求めるという姿勢は学問以外の「日常些細《ささい》の事でも矢張《やはり》同一である」と露伴はいう。当たり前の平凡な資質しかない人が他人を上回るような仕事をやるためには、「深」を心掛けるといいというのである。

たとえば盆栽が好きだという人が、盆栽の中でも草よりも木がいいと決め、さらに木の中では柘榴《ざくろ》が好きだと決めて取り組めば、柘榴《ざくろ》については誰よりも知識と経験があるということになり得る。職人でも、何かひとつの物をつくり続ければ、それについては一番といわれる人になることはできるであろう。

これは平凡な人が自らの平凡さを悟って、徹底的に狭い範囲に限定して鍛錬していくと、結果として突き抜けた業績を残すことができるようになるということである。

最近、テレビなどで一芸に達した職人のことがよく取り上げられるが、これはいい傾向であると思う。そういう番組を見ていて私が感じるのは、「この道五十年」というような職人は共通して皆いい顔をしているということである。これは実に不思議なことであるが、学問であれ、仕事であれ、それ以外の日常のことであれ、一心に打ち込むことが人間の顔を変えていくのであろう。そういう生き方をした人は、おそらく、自分の人生に何がしかの誇りを持っているはずである。そして国のレベルというものは、このような一道に打ち込む人間がどれだけたくさんいるかによって測ることができるように思うのである。

日本の現状を見ると甚だ心もとないが、それだけに、これからの日本人の生き方として、「深」を目標とする姿勢をもっと高く評価したいものである。

第四章

可能性を引き出す教え方・教わり方

1 「どこから始めるか」を知る教師に学べ

着手《ちゃくしゅ》の處《ところ》の不明《ふめい》な教《おしえ》は、如何《いか》に崇高《すうこう》な教《おしえ》でも、莊嚴《そうごん》な教《おしえ》でも、或《あるい》は正大圓《せいだいえん》滿《まん》な教《おしえ》でも、教《おしえ》へらるゝ者《もの》に取《と》つては、差當《さしあた》り困却《こんきゃく》を免《まぬか》れぬ譯《わけ》である。本來《ほんらい》を云《い》へば教《おしえ》には着手《ちゃくしゅ》の處《ところ》の不明《ふめい》なものなどが有《あ》る可《べ》き譯《わけ》は無《な》い。しかし吾人《ごじん》は實際其《じっさいそ》の旨意《しい》が甚《はなは》だ高遠《こうえん》であることを感《かん》ずるが、それと同時《どうじ》に、漠《ばく》として着手《ちゃくしゅ》の處《ところ》を見出《みいだ》し難《がた》いのに遭遇《そうぐう》することが少《すくな》く無《な》い。それも歳月《さいげつ》が立《た》つて見《み》ると、實《じつ》は教其《おしえそ》の物《もの》が漠《ばく》として着手《ちゃくしゅ》の處《ところ》を認《みと》めしめ無《な》いのでは無《な》くて、自《じ》分《ぶん》が或程度《あるていど》に達《たっ》して居無《いな》かつた其《そ》の爲《ため》に、着手《ちゃくしゅ》の處《ところ》を見出《みいだ》し得無《えな》かつたのだと悟《さと》るので有《あ》るが、それは兎《と》に角《かく》に、やゝもすると着手《ちゃくしゅ》の處《ところ》を知《し》り得無《えな》い教《おしえ》に遭遇《そうぐう》する事《こと》のあるといふ事《こと》は、誰《だれ》しも實驗《じっけん》する事實《じじつ》で有《あ》るらしい。戲談《ぎだん》ならば、論理的遊戲《ろんりてきゆうぎ》とも云《い》ふべき謎《なぞ》のやうな教《おしえ》も宜《い》いが、實際《じっさい》の利益《りえき》を得《え》やうといふ意《い》で教《おしえ》を請《こ》ふのに、さて着手《ちゃくしゅ》の處《ところ》の分《わか》らぬ教《おしえ》を得《え》たのでは實《じつ》に弱《よわ》る譯《わけ》である。そこで問《と》ふ者《もの》は籠耳《かごみみ》になつて仕舞《しま》つて、教《おしえ》は聞《き》いたには違《ちが》ひ無《な》いが何等《なんら》の益《えき》をも得《え》ずに終《おわ》るといふ事《こと》も少《すく》なく無《な》い。それは聞《き》く人《ひと》にも聞《き》かせる人《ひと》にも、不本意千萬《ふほんいせんばん》なるに相違《そうい》無《な》い。

（『努力論』「着手《ちゃくしゅ》の處《ところ》」より）

教師はあらゆる疑問に答える責務がある

「着手《ちゃくしゅ》の處《ところ》」と題された文の一節である。「着手《ちゃくしゅ》の處《ところ》の不明な教《おしえ》は、如何《いか》に崇高な教でも、荘嚴《そうごん》な教でも、或は正大圓滿《せいだいえんまん》な教でも、教へらるゝ者に取つては、差當《さしあた》り困却を免《まぬか》れぬ譯《わけ》である」という露伴の観察は、教師をはじめとして、何かを教える立場にある者にとっては貴重な教訓になるだろう。

露伴のいうように、いくら立派な教えであっても、教えられる立場からすれば、どのように学べばいいのかというきっかけを与えてもらいたいものである。それがわからなければ、学ぼうにも学びようがない。ところが、現実には、教えの崇高なることは感じられるものの、その教えのどこから手をつければいいのかということがわからないものが少なくない。

時間が経過して振り返ると、「あのときは自分がそれを理解できるところまで到達できていなかった」と気づくこともあるわけだが、それにしても、そのときには「どこから手をつければいいのか教えてくれなくては勉強のしようがない」と思うのが人の常であり、「せっかく教えてもらったけれども、何も実にならないまま終ってしまった」ということになってしまうことはよくあることである。

身近な例でたとえるならば、数学ができるようになりたいと思った生徒が「どういう勉強をすればいいのですか」と教師に尋ねたとき、教師がまずしなければならないのは、即座に生徒の問いに答えることなのである。生徒自らがやる気を示しているときこそ、能力を引き出し、伸ばすチャンスである。ところが、最近の日本の教師を見ていると、生徒の要望に答えることよりも、学期を無事に終えるほうを重視しているように思えてならない。これでは生徒のやる気を喚起できるわけはない。

塾の講師になるとそうはいかない。生徒の要望にきちんと答えられないようでは仕事にならないのである。ある少年のこんな話がある。彼は非常に難易度の高い学校に入学したのだが、学校の授業では数学が全く理解できなかったという。先生に質問をしても、どうも要領を得ない。そこで、有名塾の数学の講師に聞いたところ、その講師は「この問題はここがポイントだ」と、その場で明快に答えてくれた。それからあとは、その類似問題を見ると、どこから手をつけていいのかがすぐわかるようになったというのである。

大学の英文科などでも、できる学生は必ずいい先生について「こういう文章はどこから手をつければいい」ということをしっかり聞いて学んでいる。そういう質問を学生がしてきたときに、文法があやふやな先生だと、細かなところにウエートを置いて重要なところが抜けてしまうことがあり、役に立たない。苦労をして文法を身につけて、しかもよくわかった先生だと、そこがピタリとはまるのである。

私は、露伴のいう「着手」とは、教育に携わるすべての者のキーポイントであると思う。そして、おそらくは教育以外のいかなる分野でも、教える立場にある者にとっての重要な教訓になるに違いない。

また、これは教わる立場にある者の教訓として読むこともできる。つまり、「どこから手をつければいいのか」という問いを発し、それに明快に答えてくれる教師を選ぶことが人生に余分な回り道をせず、自分の目指すものを無駄なく実現するためのコツということができるであろう。

2 能力を引き出す態度、才能をつぶす態度

物《もの》に接《せっ》する宜《よろ》しく厚《あつ》きに従《したが》ふべしといふのは黄山谷《こうさんこく》の詩《し》の句《く》である。人《ひと》は心《こころ》を存《そん》する須《すべか》らく慍《あたたか》なるべきである。

人《ひと》の性情《せいじょう》も多種《たしゅ》である。人《ひと》の境遇《きょうぐう》も多様《たよう》である。其《そ》の多種《たしゅ》の性情《せいじょう》が、多様《たよう》の境遇《きょうぐう》に會《あ》ふのであるから、人《ひと》の一時《いっとき》の思想《しそう》や言説《げんせつ》や行爲《こうい》も亦實《またじつ》に千態萬状《せんたいばんじょう》

であつて、本人《ほんにん》と雖《いえど》も豫想《よそう》し逆睹《ぎゃくと》する能《あた》はざるものが有《あ》るのは、聖賢《せいけん》にあらざるより以上《いじょう》は免《まぬか》れざるところである。

性癖《せいへき》は如何《いかん》とも爲《な》し難《がた》いにせよ、人《ひと》は成《な》るべく『やはらかみ』と『あたゝかみ』とを有《ゆう》したいものである。假《かり》にも助長《じょちょう》の作用《さよう》を爲《な》して、剋殺《こくさつ》の作用《さよう》は爲《な》したく無《な》いものである。

過日《かじつ》の事《こと》であつたが、予《よ》は山《やま》の手《て》の名《な》を知《し》らざる一小坂路《いちしょうさかみち》に於《お》いて、移居《いきょ》の荷物《にもつ》を運搬《うんぱん》する一車《いちくるま》の、積荷《つみに》重《おも》くして人力《じんりょく》足《た》らず、加《くわ》ふるに、道路《どうろ》澁惡《じゅうあく》にして上《のぼ》るを難《かた》んずるを目撃《もくげき》した。時《とき》に坂下《さかした》より相伴《あいともな》ひ來《きた》りし二人《ふたり》の學生《がくせい》の、其《そ》の一人《ひとり》は之《これ》を見《み》るに忍《しの》びずして、進《すす》んで車後《しゃご》より力《ちから》を假《か》して之《これ》を推《お》したるがために、車《くるま》は辛《かろ》うじて上《あが》らんとして動《うご》いたのである。然《しか》るに他《ほか》の一人《ひとり》は聲《こえ》高《たか》く之《これ》を冷罵《れいば》して、『止《や》めい、陰德家《いんとくか》！』と叫《さけ》んだので、車《くるま》を推《お》した學生《がくせい》は手《て》を離《はな》して駈《か》け拔《ぬ》けて仕舞《しま》つて、卽《すで》に車《くるま》より前《まえ》に進《すす》んで居《い》た冷罵者《れいばしゃ》に追《お》ひ及《およ》んで、前《まえ》の如《ごと》く相並《あいなら》んで坂《さか》を上《のぼ》つたのである。車夫《しゃふ》は忽然《こつぜん》として助力者《じょりょくしゃ》を失《うしな》つた爲《ため》に、急《きゅう》に後《あと》へ引戻《ひきもど》され、事態甚《じたいはなは》だ危險《きけん》の觀《かん》を呈《てい》したが、幸《さいわい》に後《あと》より來《きた》りし二人《ふたり》が有《あ》つて、咄嗟《とっさ》に力《ちから》を假《か》した爲《ため》に事無《ことな》きを得《え》た。併《しか》し予《よ》は坂上《さかうえ》より差掛《さしかか》つて此《この》の狀《じょう》を見《み》て、思《おも》はず膽《たん》を冷《ひや》し心《こころ》を寒《さむ》うしたのであつた。

之《これ》を目《め》にしたる予《よ》は後《のち》に至《いた》りて之《これ》を思《おも》ひ之《これ》を味《あじわ》ひて、一種愴然《いっしゅそうぜん》たる感《かん》を得《え》た。吾人《ごじん》も亦時《またとき》に彼《か》の冷罵《れいば》を加《くわ》へたる青年《せいねん》の如《ごと》き擧動《きょどう》を無意識《むいしき》の間《かん》に爲《な》すことが無《な》いには限《かぎ》らぬ。そして其《そ》の爲《ため》に、自他《じた》に取《と》りて何等《なんら》の幸福《こうふく》をも來《きた》さずして、却《かえ》つて幾干《いくばく》かの不幸福《ふこうふく》を自他《じた》に貽《おく》りて居《い》ることが無《な》いには限《かぎ》らぬと思《おも》はずには居《い》られ無《な》かつた。

（『努力論』「接物宜従厚」より）

人を伸ばす「助長」と人をつぶす「剋殺」

ここで露伴は「接物宜従厚」という黄山谷《こうさんこく》の詩の句を取り上げて、助長《じょちょう》と剋殺《こくさつ》という人間の持つ二つのメンタリティーについて語っている。

「物に接する宜《よろ》しく厚きに従うべし」とは「なんにでも手厚く」という意味の言葉である。これは別の言い方をすれば「物に接するときには、なるべくやわらかみとあたたかみを持つようにしたい」ということであり、露伴の言葉でいえば「助長の作用」ということになる。そして、この助長の反対の作用に「剋殺」がある。人間は誰しも助長と剋殺という二つのメンタリティーを持つが、すべからく助長のほうを心掛けるべきであるというのが露伴の考えである。

助長と克殺の例として、露伴は自らが体験したという次のような場面を挙げる。

山の手の坂道で引っ越しの荷物を運搬する荷車があった。その道はよく整備されておらず、荷車は上るのに非常に苦労をしていた。そのとき坂の下から二人の学生が歩いてきた。そのうちの一人が、見るには忍びないと荷車のあとから力を貸して押し上げた。すると車はようやく動き始めた。ところが、それを見ていたもう一人の学生が「止めい、陰徳家！」と叫んで嘲《あざけ》った。すると、車を押していた学生は手を離して駆け出して、車の前方に進んでいた嘲りの声を上げた仲間のところに行ってしまった。荷車を引いていた人は、突然、学生がいなくなったため、急に後ろに引き戻されてあわやという状態になった。幸い後から人が二人ばかり来て、とっさに力を貸したため、事なきを得た。

露伴はこの一連のありさまを見て「思はず膽《たん》を冷し心を寒うした」。学生が重そうな荷車を押すのを手伝おうと思ったのは、極めて自然な、いわゆる惻隠《そくいん》の情というものである。これはとくに褒《ほ》めるほどのことはなくても、決してけなすようなことではない。ところが他の青年がそれを見て、「止めい、陰徳家！」と嘲ったので、学生は恥ずかしくなって手伝いを止めてしまった。つまり、「止めい、陰徳家！」という言葉は、人の役に立とうとする気持ちをつぶしてしまう剋殺的な発言だったのである。

このように、すべてのことについて、あたたかい目で見守る助長的な行為と、冷やかにしてつぶしてしまう剋殺的な行為があるのである。どんな人間にも、この二つのメンタリティーは同居している。そのことを意識して、できるだけ助長的な態度で人と接することが大切であると露伴はいうのである。

剋殺的な教師については才能は開かない

私には三人の子どもがいる。そのいずれもが音楽家になった。彼らが音楽家になる様子を見ていて思うのは、今から三十年ぐらい前の日本育ちの音楽教師には剋殺的な人が多かったのではないかということである。生徒を平気で叩いたり、「駄目だ」「やめてしまえ」と罵倒したりする教師が実に多かった。それに耐え切れずに音楽家の道をあきらめる人も多かった。そして、どうやらこれは日本特有のことのようであった。アメリカあたりで育った先生は褒めることに熱心で、「やめてしまえ」などとは口が腐ってもいわない。これは非常に大きな差に感じられた。

私の娘はピアノを習っていたが、日本では「やめろ式」の先生に随分苛《いじ》められたようである。ところが、エディンバラに留学に行くと、そこでは先生が褒めてうまく才能を引き出してくれた。そういう違いを身に染みて感じたのであろう。娘は留学を終えて日本に帰ってきても、アメリカで学んだ先生について勉強を続け、音楽家の道を歩むことになったのである。

江藤俊哉《としや》という大バイオリニストがいる。江藤先生は剋殺的なことを一切いわない人だった。ゆえに、弟子の才能を大きく伸ばした。日本で名を成したバイオリニストのほとんど全員が江藤先生の弟子といってもいいぐらいである。江藤先生はバイオリンの腕がいいのみならず、助長的で、弟子のいいところを伸ばすことに長けていたのである。このように、名教師といわれる人には必ず助長的な部分があるものである。

私も、及ばずながら露伴の影響を受けて、常に助長的であろうと思ってやってきた。それは相当成功したのではないかと思っている。私について長くやってきた学生は、ほとんどが大学の先生になったり学位をとっているが、これは私があまり粗探《あらさが》しをしなかったのがよかったのだろう。粗探しをしないと才能が芽を出して、伸びる。そうすると、今度は粗を探す必要がなくなっていくのである。

同じような話だが、高校を出ず、大検で上智大学に入学した学生が私のクラスに来たことがある。大検で来たということは、高校でも人間関係があまりうまくいかなかったということだろう。私はこの学生についても「いいところしか見まい」と、露伴の教えに従って努めるようにした。すると、やはりそのうちに才能が芽を出した。私が定年で大学を辞めたこともあって上智の大学院には来なかったが、彼は東大の大学院に進んでいった。これは教師としての私の心掛けが多少なりとも好影響を及ぼしたのではないかとひそかに思っているのである。

私自身が生徒であったときの体験を振り返ると、一般に外国の先生は剋殺的な人が少なかったといえるが、日本の先生には剋殺的な人が多かった。とくに中学時代は剋殺だらけで、もし戦争がなければ私は学校を辞めていたかもしれないと思うほどである。戦争があって、日本の敗戦が濃厚になった昭和二十年には授業が全く行われず、学徒勤労動員で肉体労働をさせられていた。雨の降ったときは肉体労働ができないので、本を読んで過ごした。そういう時間を持てたことで、かろうじて勉強への意欲を持続できたように思うのである。

そして戦争が終わって学校に帰ってきたら、幸運なことに、いい先生と巡り合った。それが佐藤順太先生であった。戦後、英語教師が足りないということで、とうに隠居をされていた佐藤先生が再び教壇に戻ってこられたというわけである。佐藤先生は全く助長的な先生で、そのお陰で私は自分の進むべき道を見つけることができた。

このように考えると、指導する立場にある人間が助長的であるか剋殺的であるかによって、指導を受ける人間の生き方がいかに変わっていくかがわかるであろう。教える立場に立つ人間は、常にそのことを自覚し、剋殺的な言動に注意し、助長的であろうとしなければならない。学校の教師だけではなく、家庭においては両親、企業においては経営者や管理職にも、このような考え方は欠かせないものである。

3　自然のサイクルに合わせて能力を伸ばす

年《とし》の四季《しき》が人《ひと》の一身《いっしん》に及《およぼ》すところの有《あ》るのは、大《だい》なる空間《くうかん》や、長《なが》い時間《じかん》が其《そ》の威力勢力《いりょくせいりょく》を人《ひと》に加被《かひ》すると同《おな》じ道理《どうり》である。一時代《いちじだい》は一時代《いちじだい》で、其《そ》の勢《せい》威《い》を有《ゆう》して居《お》り、十年二十年《じゅうねんにじゅうねん》は十年二十年《じゅうねんにじゅうねん》で、其《そ》の勢威《せいい》を有《ゆう》して居《お》る。それと同様《どうよう》に一年《いちねん》は短《みじか》い時間《じかん》では有《あ》るけれども、なほ且一年《かついちねん》だけの勢威《せいい》を有《ゆう》して、そして其《そ》の勢力《せいりょく》を人《ひと》の上《うえ》に加《くわ》へるのである。猶一層詳言《なおいっそうしょうげん》すれば、春《はる》は春《はる》の勢《せい》威《い》を有《ゆう》して、之《これ》を人《ひと》の上《うえ》に加《くわ》へ、夏《なつ》は夏《なつ》の勢威《せいい》を有《ゆう》して、之《これ》を人《ひと》の上《うえ》に加《くわ》へ、秋《あき》は秋《あき》、冬《ふゆ》は冬《ふゆ》の勢力威力《せいりょくいりょく》を有《ゆう》して、之《これ》を人《ひと》に加《くわ》へて居《い》るのである。

吾人《ごじん》は矢張《やはり》、四季《しき》の吾人《ごじん》に及《およぼ》す影響《えいきょう》の少《すくな》からぬことを認《みと》めぬ譯《わけ》にはならぬのである。

鑛物界《こうぶつかい》には生理《せいり》が有《あ》るか無《な》いか知《し》らぬが、先《ま》づ常識《じょうしき》の考《かんが》へ得《う》るところでは、生理《せいり》は無《な》いやうで、其《そ》の在《あ》るところは物理《ぶつり》のみのやうである。植物界《しょくぶつかい》には心《しん》理《り》は有《あ》るか無《な》いか不明《ふめい》であるが、其《そ》の存《そん》するところは生理《せいり》と物理《ぶつり》とで、常識《じょうしき》の判断《はんだん》によれば、心理《しんり》は無《な》いやうである。

人《ひと》と動物《どうぶつ》とに至《いた》つては、物理生理心理《ぶつりせいりしんり》を具有《ぐゆう》して居《い》るのである。で、鑛物界《こうぶつかい》の物《もの》すら、四季《しき》の影響《えいきょう》を受《う》けて居《い》る。即《すなわ》ち鑛物體《こうぶつたい》の罅隙《こげき》に在《あ》る水分《すいぶん》は、冬《ふゆ》の寒威《かんい》に遇《あ》つて氷《こおり》となつて膨脹《ぼうちょう》し、春《はる》の暖氣《だんき》に會《かい》して融消《ゆうしょう》して去《さ》る爲《ため》に、崩壊碎解《ほうかいさいかい》の作用《さよう》が行《おこな》はれるのである。或《あるい》は又夏《またなつ》の烈日《れつじつ》や霖雨《りんう》が、酸《さん》化作用《かさよう》を促《うなが》して、秋《あき》の暴風《ぼうふう》や嚴霜《げんそう》が、力學的熱學的《りきがくてきねつがくてき》に働《はたら》く爲《ため》に、斷《た》えず變化《へんか》が起《おこ》されてゐるのである。それから又植物《またしょくぶつ》は、鑛物《こうぶつ》に比《ひ》しては、愈々多《いよいよおお》く四《し》季《き》の影響《えいきょう》を受《う》けて居《い》る。

春《はる》に華《はな》さき、夏《なつ》に茂《しげ》り、秋《あき》に實《みの》り、冬《ふゆ》に眠《ねむ》るのは、樹木《じゅもく》の多數《たすう》が現《あらわ》すところの四季《しき》の影響《えいきょう》である。春生《はるしょう》じ、夏長《なつちょう》じ、秋自《あきおのず》から後《のち》に傳《つた》はるの子《こ》を遺《のこ》し、冬自《ふゆおのず》から生活《せいかつ》の閉止《へいし》を現《あらわ》すのが、穀蓏《こくら》の多數《たすう》が示《しめ》すところの、四季《しき》の影響《えいきょう》である。

吾人《ごじん》は明《あきら》かに四季《しき》の影響《えいきょう》を受《う》けて居《お》る事《こと》、たとへば猶草木《なおそうもく》の如《ごと》く禽獸《きんじゅう》の如《ごと》くなのである。

果《はた》して然《しか》らば吾人《ごじん》は四季《しき》の吾人《ごじん》に對《たい》して與《あた》ふるところのものに順應《じゅんのう》して、吾人自身《ごじんじしん》を處理《しょり》するのが至當《しとう》で有《あ》り、且又至妙《かつまたしみょう》であるに相違無《そういな》い。是《かく》の如《ごと》き道理《どうり》で、吾人《ごじん》は春《はる》が吾人《ごじん》に何樣《どう》いふことを爲《な》さしむるべくあるか、又夏《またなつ》や秋冬《あきふゆ》が何樣《どう》いふことを爲《な》さしむるべくあるかといふ事《こと》を考察《こうさつ》して、そして之《これ》に順應《じゅんのう》して、自身《じしん》を處理《しょり》するに或調攝《あるちょうせつ》を取《と》つて行《い》きたいと考《かんが》へる。

扨春夏《さてはるなつ》は吾人《ごじん》の肉體《にくたい》を發達長成《はったつちょうせい》せしむることが、秋冬《あきふゆ》に於《お》けるよりも比較《ひかく》的《てき》に多《おお》く行《おこな》はるゝやうである。秋冬《あきふゆ》は、心靈《しんれい》を發達長成《はったつちょうせい》せしむることが、春《はる》夏《なつ》よりは多《おお》く行《おこな》はるゝやうである。春夏《はるなつ》は四肢《しし》を多《おお》く働《はたら》かす時《とき》は、目《め》に見《み》えて四肢《しし》が發達《はったつ》する。秋冬《あきふゆ》は腦《のう》を多《おお》く働《はたら》かす時《とき》は、目《め》に見《み》えて腦《のう》が發達《はったつ》するやうである。そして春夏《はるなつ》に於《おい》て體育《たいいく》を勤《つと》めた人《ひと》は、秋冬《あきふゆ》に於《おい》て容易《ようい》に腦《のう》を發達《はったつ》せしめ得《う》るやうである。

で、春夏《なつはる》に當《あた》つて、自然《しぜん》に逆《さから》つて、餘《あま》り肢體《したい》を働《はたら》かさずに、餘《あま》り多《おお》く腦《のう》を働《はたら》かすと、其《そ》の人《ひと》は腦《のう》の機能器質《きのうきしつ》に疾患《しっかん》を起《おこ》すに至《いた》るやうである。これは自《し》然《ぜん》に逆行《ぎゃっこう》するが爲《ため》に生《しょう》ずるのでは有《あ》るまいか。

（『努力論』「四季と一身と」より）

生物は自然の摂理を無視して生きられない

世の中には「季節」というものがある。とくに日本は北半球の温帯地方に位置し、四季の変化が顕著である。四季が我々に及ぼす影響は決して少なくない。ゆえに、この季節と人間の関係を我々は軽視してはならないし、また、季節に合った行動をとることによって人間はその能力を比較的スムーズに伸ばすこともできるのである。

露伴はいう。鉱物は物理の法則に従って動く。植物は生理と物理に従って動く。それに対して人間や動物は、物理、生理に加えて心理が働く。すべてに共通していえるのは、これらのいずれもが四季の影響を受けているということである、と。植物の変化はわかりやすいが、鉱物であっても、寒暖の差や気象の変化によって絶えず物理的変化を促されている。動物では季節ごとに食べるものが変わるし、熊などのように冬眠をするものもある。気温の上下に従って血圧が上がったり下がったりするということもある。

このように、自然界にあるものは皆、四季の移り変わりの影響を強く感じながら生きているのである。

春の語源は「張る」にあるという。春は張るだから、水でも春になると水面が張ったような感じになる。土木工事をする人は「木の芽水」という言葉を使うが、春になると地面への水の浸透度が違ってくる。すべてのものは春に出てくる。気持ちも春は春らしい気持ちになり、青春の心に近くなる。

夏は「物が成る」ことが語源である。夏は物が成熟する季節である。お茶の葉などは、季節によって成分が変わってくる。本当にお茶としての味わいがあるのは、春から夏を迎える時期の若い芽である。

秋は「空く」が語源である。木の葉が落ちて、隙間が森に空くという意味である。「空く」には、これから厳しい季節に向かう感じがある。

冬は「冷ゆ」で、すべてのものが冷えてしまう季節である。

これらは、昔から日本人が暮らしの中で鋭く感じ取ってきたことである。そうであればこそ、安易に無視することはできないと思うのである。

今は露伴の時代とは違って冷暖房が発達し、季節をほとんど感じないように生活できるようになった。しかし、人間がこの地球の上に暮らしている以上、その気象条件や動植物の動きと自らを合わせるような配慮が少しはあったほうがいいのではないかと思う。そういう観点から考えると、夏に冷房で体を冷やすのはあまりいいこととはいえまい。涼しいのは結構なことであるし、冷房を入れることによって秋や冬のように知的な仕事も捗《はかど》るであろう。しかし、これは根本的に季節に反した生き方であることを忘れてはいけない。夏であれば一日に一度は炎天下の戸外に出て、歩くなり運動するなりして汗を盛大にかき、夏の暑さを体感するような配慮が必要なのではないかと思うのである。

秋や冬も同様である。今は暖房を使えば夏のような生き方もできないわけではない。しかし、冬は冬で、秋は秋で、それぞれの季節を感ずる状況に強いて一日のうち一、二時間ぐらいは自分を置くような配慮をすべきであろう。夏の暑さや冬の寒さにあえて身をさらすことによって、身体全体の抵抗力や適応力が高まるというようなこともあるはずである。人工的に季節をコントロールすることができるようになったとはいえ、それはあくまでも補完的に利用すべきであって、そこに頼り切るべきではない。

食べ物などもハウス栽培の発達で季節感がなくなってしまっている。しかし、本当は旬《しゅん》の物を食べるのが一番身体にはいいのである。日々の食卓にハウスものが並ぶのは仕方がないことだとしても、数日に一度ぐらいは、その季節の旬のものをとるような心掛けも必要であろう。食べ物の旬がわからなくなってきているからこそ、意識して旬の物を口にするように心掛けたいものである。それをするとしないとでは、肉体か精神か、あるいは別のどこかに、必ず差が出てくるに違いない。

春夏に身体を鍛えると秋冬に精神が飛躍する

露伴は「吾人《ごじん》は四季の吾人に對《たい》して與《あた》ふるところのものに順應《じゅんのう》して、吾人自身を處《しょ》理《り》するのが至當《しとう》で有り、且又至妙《かつまたしみょう》であるに相違無い」といい、そのためには春夏秋冬に何をするのがいいのかということを考察している。その露伴の考察によれば、春夏は秋冬よりも肉体を発達成長させるようであり、秋冬は春夏に比べ精神的な部分の発達成長を促すようであるという。したがって、春と夏には体を鍛えるのがよく、また、精神的なことは秋と冬にするのがいい。さらに、春と夏に体を鍛えておくと、秋と冬に精神的な部分が非常によく伸びるような傾向がある、というのである。

「こうしたことは人によっても違うし、断言できることではない」と露伴はいうのだが、それにしても春と夏に一所懸命勉強をし、秋と冬に体を鍛えるというのは、どうも逆行しているように思えるといい、春と夏に無理に勉強をすると精神的な疾患に見舞われることが多いようであると述べている。これは、おそらく事実であろうと私も思う。確かに昔は、夏に勉強をして変調をきたした学生が随分たくさんいたものである。

私が大学生の頃、寮監をされていたドイツ人のボッシュ先生は、夏休みに帰郷する学生を前にして「日本の夏は勉強をしたら終わりだぞ」ということをしきりにいわれていた。ボッシュ先生は戦前から日本にいて、夏に勉強をして駄目になった学生をたくさん見ていたのであろう。それゆえに、「日本の夏は勉強をする季節ではない。勉強を絶対にしてはいけないぞ」と忠告してくれたのである。

実際、冷房のなかった時代、夏は勉強をする季節とはいえなかった。私は工夫をして、朝の四時頃から起きて勉強をしたものだが、それでも八時になったら暑くて勉強にならなかった。私の場合は朝型に切り替えて勉強をしたから身体は持ったが、普通に起きて勉強をしていたならばとても持たなかったろう。ボッシュ先生をはじめ、ドイツ人の教授は皆、「絶対に勉強をするな」といって学生を帰していたことを思い出す。ドイツ人から見ると、日本の夏というのはとても耐えられない季節、気候だったのであろう。

冷房が発達した現在ではボッシュ先生の忠告は昔日《せきじつ》の感があるが、逆に今は冷房病といわれるような、冷房による弊害が生まれてきている。「予は各人が、人と天との関係を考察して、而《しか》して適応して戻らざるように自己を処せんことを勧めるを、道理ある親切と思考するのである」と露伴はいっているが、この言葉は冷暖房装置の発達で暮らしやすくなった今、かつてとは違う意味合いで深く考える価値のある内容を持っているように思える。自然とのつき合い方を会得することは、身心を健全な状態に保つだけではなく、自己の能力を無駄なく引き出すためにも重要なことなのである。

第五章
気の仕組みを人生に活かす

1

散る心を止めることなくして人生の成功はない

光《ひかり》に静《しずか》な光《ひかり》と、動《うご》く光《ひかり》とがある。静《しずか》な光《ひかり》とは密室《みっしつ》の中《なか》の燈《ともしび》の光《ひかり》の如《ごと》くなるものである。動《うご》く光《ひかり》とは風《かぜ》吹《ふ》く野邊《のべ》の焚火《たきび》の光《ひかり》の如《ごと》くなるものである。光《ひかり》は同《おな》じ力《ちから》であると假定《かてい》する。併《しか》し靜《しずか》な光《ひかり》と動《うご》く光《ひかり》とは、其《そ》の力《ちから》は同《おな》じでも、其《そ》の働《はたら》き工合《ぐあい》は同《おな》じでは無《な》い。

室中《しっちゅう》の燈《ともしび》の光《ひかり》は、細字《さいじ》の書《しょ》をも讀《よ》ませて呉《く》れる。風《かぜ》の裏《うち》の火《ひ》の光《ひかり》は、可《か》なりの大《おお》きな字《じ》の書《しょ》をも讀《よ》み難《かた》からしむるでは無《な》いか。アーク燈《とう》の光《ひかり》は強《つよ》いけれど、それで新聞《しんぶん》は讀《よ》みづらい。室内電燈《しつないでんとう》の光《ひかり》は弱《よわ》くても却《かえ》つて讀《よ》み宜《よ》い。靜《しずか》な光《ひかり》と動《うご》く光《ひかり》とは其《そ》の働《はたら》き工合《ぐあい》に大《おお》きな差《さ》がある。

同《おな》じ心《こころ》の力《ちから》だと假定《かてい》する。併《しか》し靜《しずか》に定《さだ》まつた心《こころ》の働《はたらき》と、動《うご》いた亂《みだ》れた心《こころ》の働《はたらき》とは、大分《だいぶん》に違《ちが》ふのが事實《じじつ》である。丁度同《ちょうどおな》じ力《ちから》の光《ひかり》でも、靜《しずか》なのと動《うご》いて居《い》るのとでは、其《そ》の働《はたらき》に於《おい》て大分《だいぶん》に違《ちが》ふやうだ。散《ち》る心《こころ》、即《すなわ》ち散亂心《さんらんしん》は、其《そ》の働《はたらき》の面白《おもしろ》くない心《こころ》である。動《うご》き亂《みだ》れた心《こころ》は、喩《たと》へば風中《ふうちゅう》の燈《ともしび》のやうなもので、之《これ》をして明《あきら》かならしむるとも、物《もの》を照《てら》す働《はたらき》の面白《おもしろ》くない事《こと》は、大論《たいろん》にも説《と》いてある通《とお》りだ。

散亂心《さんらんしん》とは何様《どう》いふ心《こころ》だ。曰《いわ》く、散亂心《さんらんしん》とは定《さだ》まらぬ心《こころ》で、詳《くわ》しく論《ろん》ずれば二種《にしゅ》ある。其《そ》の一《いち》は有時性《ゆうじせい》で、其《その》の二《に》は無時性《むじせい》のである。有時性《ゆうじせい》の散亂心《さんらんしん》とは、今日法律《こんにちほうりつ》を學《まな》ぶかと思《おも》へば、明日《みょうにち》は醫學《いがく》を學《まな》ぶ。今月文學《こんげつぶんがく》を修《おさ》めて居《お》るかとおもへば、明月《みょうげつ》は兵學《へいがく》を修《おさ》めて居《お》るといふやうなのだ。無時性《むじせい》の散亂《さんらん》心《しん》とは、一時《いちじ》に二念《にねん》も三念《さんねん》もあつて散亂《さんらん》するのだ。

心《こころ》が向《むか》ふべきところにのみ向《むか》ふことが出來《でき》無《な》くて、チラ〳〵チラ〳〵と餘《よ》事《じ》に走《はし》つて行《い》くのを、氣《き》が散《ち》ると俗《ぞく》にいふが、此《こ》の氣《き》が散《ち》つて心《こころ》の靜定《せいてい》の出《で》來《き》ぬのを、散亂心《さんらんしん》といふのである。

此《こ》のチラ〳〵チラ〳〵する心《こころ》は、恰《あたか》も風《かぜ》の中《なか》の燈《ともしび》の如《ごと》くで、たとへ聰明《そうめい》な資質《ししつ》を抱《いだ》いて居《お》る人《ひと》にしてからが、さういふ心《こころ》では、何《なん》に對《むか》つても十二分《じゅうにぶん》にうまく仕事《しごと》は出來《でき》ぬ。物《もの》を照《てら》して明《あきら》かなる能《あた》はずである。慶《けい》すべからざる心《こころ》の狀態《じょうたい》である。イヤ寧《むし》ろ願《ねが》つても然樣《そう》有《あ》り度《た》く無《な》い心《こころ》の狀態《じょうたい》なのである。

(『努力論』「靜《せい》光動光」より)

落ち着かない心が平凡な一生をつくってしまう

「静光動光」と題された一文である。ここで露伴は、心のあり方というものを「動く光」と「静かな光」の比喩《ひゆ》で巧みに表現している。

部屋の中のともしびは、たとえそれが小さな光でも本が読める。ところが、風が吹いてともしびがチラチラ揺れると、大きな字でも読みにくい。アーク灯は非常に強い光だが、かえって新聞などは読みづらい。このように、小さくても役に立つ光もあるし、大きくても役に立たない光もある。

露伴は、この光の力を心の力に重ねて考えようとする。静かに定まった心の働きと、動いて乱れる心の働きとは随分違う。能力がそれほど高くない人でも、静かに動かない心があれば、非常に大きな仕事を成し得る。ところが、比較的大きな能力のある人でも、チラチラと気が散る性質の人は、大きな仕事を成し得ない。ゆえに我々はすべからく静かな光のごとくありたい、というわけである。これは非常にわかりやすい譬《たとえ》であろう。

静かな心、集中した心の反対の心のことを露伴は「散乱心」と名づける。そして、この散乱心も二つに分けて考えることができるという。それが「有時性」の散乱心と「無時性」の散乱心である。有時性の散乱心とは、簡単にいえば、長期間にわたる散乱心のことである。たとえば、しょっちゅう志望や仕事を変える人がいる。ある仕事をやってみるが、すぐに「駄目だ」「自分には向いていない」とあきらめてしまい、そこに打ち込まないまま、すぐに仕事を変えてしまう。そういう人は、ちょっとよさそうな話がくるとまたすぐに変わっていく。そのようにして一生変わり続け、結局、一業も成し得ないまま人生を終えていく。そういう人が随分いるのではないか。一方、無時性の散乱心とは、短期間の散乱心のことをいう。ある本を読んでいるときに、次の予定について考える。勉強をしているときに別のことを考える。仕事をしているときに昨日の遊びのことを考える。それで手元の物事に集中できない。このように気が散ってしまうことを無時性の散乱心というのである。

散乱心を止めないことには何事も成し得ない。凡人というのは、要するに散乱心を止める工夫をしなかった人である。ともしびでいえば、チラチラ動くのを止める工夫をしなかった人である。つまり、散乱心を止めることができるかどうかによって、我々の人生を実りあるものにできるか否かが決まってしまうというわけである。しかし、それがなかなかやっかいなのは、散乱心というものが年とともに増えていくことである。露伴も指摘しているが、子どもの頃はひとつの遊びをやっているときはそれに夢中になり、他の遊びは目に入らなかった。ところが、年を取っていくに従って、まるで新しい鏡が汚れ、傷つき、物をきちんと映さなくなるように、心にいろいろなものがこびりつき、何にも集中できなくなっていく。何かを考えていてもすぐに隣のことが気になってしまう。何かをやっていても、別のことが気になって仕方がなくなってしまう。これが凡人の老化していく姿である。

ゆえに我々が人生において何かを成し遂げるためには、この心にこびりついた汚れを取り去ることが必要なのである。

散乱心を止める工夫を宗教ではよくやっている。たとえば座禅である。座禅を組んだ人によると、初めは次々に妄想が湧くのだという。それでも続けていると、やがて妄想が尽きて出なくなる。そして、ようやく集中心が生まれる。それが禅の形なのだという。『菜根譚《さいこんたん》』の中には「雁《かり》、寒潭《かんたん》を度《わた》るも、雁去りて潭《ふち》に影を留《とど》めず」という一節がある。これは「深い湖の上を雁が渡った。雁が行ってしまったら、湖の上にはその影がなかった」という意味であり、いろいろなことが気になって気が散っているのとは反対の状態を表現している。こういう心境を求めなければならないのである。

散乱心を止めるには、大変な苦労、工夫がいることは間違いない。それは誰もが感じることであろう。しかし、それほど大変なものであるからこそ、それを成し遂げることによって充実した人生を手に入れることができるのである。これは全くよく理解できる話である。

2 継続するとやがて大きな変化が訪れる

氣《き》の散《ち》る習《ならい》の付《つ》いて居《い》る人《ひと》は、血行《けっこう》が宜《よろ》しく無《な》い。何様《どう》いふやうに宜《よろ》しく無《な》いと云《い》ふに、多《おお》くは血《ち》の下降《かこう》する癖《くせ》が有《あ》り勝《がち》で、頭部《とうぶ》の血《ち》が不足《ふそく》し、腹部《ふくぶ》などに澱《よど》もる。

元來心《がんらいこころ》は氣《き》を率《ひき》ゐ、氣《き》は血《ち》を率《ひき》ゐ、血《ち》は身《み》を率《ひき》ゐるものである。たとへば今自分《いまじぶん》は脚力《きゃくりょく》が弱《よわ》くてならぬから、健脚《けんきゃく》の人《ひと》とならんと希望《きぼう》する時《とき》は、一念《いちねん》心《こころ》が脚《あし》に向《むか》ふ。脚《あし》と自分《じぶん》と一氣相連《いっきあいつらな》つて居無《いな》いのではダメだが、先《ま》づ普通《ふつう》の狀態《じょうたい》、卽《すなわ》ち病態《びょうたい》で無《な》い以上《いじょう》は、心《こころ》が脚《あし》を動《うご》かさんとすると同時《どうじ》に、氣《き》が心《こころ》に率《ひき》ゐられて動《うご》く、そこで脚《あし》はおのづから動《うご》く。言《い》ふ迄《まで》も無《な》く脚《あし》と自分《じぶん》と一氣《いっき》流通《りゅうつう》して居《い》るからである。ところで健脚法《けんきゃくほう》の練習《れんしゅう》といふ段《だん》になると、たゞぶらぶらと歩《ある》いたのではいけぬ。一歩一歩《いっぽいっぽ》に足《あし》に心《こころ》を入《い》れるのである。すると心《こころ》に従《したが》つて氣《き》がそこに注《そそ》ぎ入《い》るのである。従《したが》つて血《ち》が腓《ふくらはぎ》の筋肉《きんにく》に充《み》ちるのである。そこで血管末端《けっかんまったん》が膨張《ぼうちょう》して、神經末端《しんけいまったん》を壓迫《あっぱく》するやうになるから、腓《ふくらはぎ》や腿肚《うちもも》や踝《くるぶし》あたりが痛《いた》んで來《き》て、手指《しゅし》で之《これ》を押《お》せば大《おおい》に疼痛《とうつう》を感《かん》ずるに至《いた》る。

それに辟易《へきえき》せずに毎日々々《まいにちまいにち》健脚《けんきゃく》を欲《ほっ》するところの猛勇《もうゆう》なる心《こころ》を以《もっ》て氣《き》を率《ひき》ゐ、氣《き》を以《もっ》て功《こう》を積《つ》むと、毎日々々《まいにちまいにち》血《ち》の働《はたらき》の爲《ため》に足《あし》は痛《いた》むのであるが、漸々《ようよう》に其《そ》の痛《いたみ》が減《げん》じて、終《つい》に全《まった》く痛《いたみ》を覺《おぼ》えざるに至《いた》れば、血《ち》が卽《すで》に身《み》を率《ひき》ゐて仕《し》舞《ま》つて、何時《いつ》の間《ま》にか常人《じょうじん》には卓絶《たくぜつ》したところの強《つよ》い脚《あし》になつて居《い》るのである。

淸《しん》の閻百詩《えんぴゃくし》は一代《いちだい》の大儒《だいじゅ》である。併《しか》し幼時《ようじ》は愚鈍《ぐどん》で、書《しょ》を讀《よ》むこと千百遍《せんぴゃっぺん》、字々《じじ》に意《こころ》を著《つ》けても、それでも善《よ》く出來《でき》無《な》かつた位《くらい》の人《ひと》であつた。しかも吃《どもり》で、多病《たびょう》で、まことに劣等《れっとう》な資質《ししつ》を抱《いだ》いて生《うま》れて居《い》たのである。で、母《はは》が其《そ》の憐《あわれ》むべき児《こ》の讀書《どくしょ》の聲《こえ》を聞《き》くたびに、言《い》ふべからざる悲哀《ひあい》の情《じょう》に胸《むね》が逼《せま》つて、もう止《よ》して呉《く》れ、止《よ》して呉《く》れ、と云《い》つては勉學《べんがく》を止《や》めさせたといふ位《くらい》である。然《しか》るに百詩《ひゃくし》が年十五《よわいじゅうご》の時《とき》の或寒夜《あるかんや》の事《こと》であつた。例《れい》の如《ごと》く百詩《ひゃくし》が精苦《せいく》して書《しょ》を讀《よ》んでも猶通《なおつう》ぜぬので、發憤《はっぷん》して寝《い》ぬるを肯《がえん》ぜず、夜《よ》は更《ふ》け寒氣《かんき》は甚《はなはだ》しく、筆硯皆凍《ひっけんみなこお》つたのであるが、燈下《とうか》に堅坐《けんざ》して、凝然《ぎょうぜん》として沈思《ちんし》して敢《あえ》て動《うご》か無《な》かつた。其《そ》の時忽然《ときこつぜん》として心《こころ》が俄《にわか》に開《ひら》け朗《ほがら》かになつて、門牖《もんよう》を開《ひら》き屛障《びょうしょう》を撤《てっ》するが如《ごと》くになり、それから頴悟異常《えいごいじょう》になつたと云《い》ふでは無《な》いか。

（『努力論』「靜光動光」より）

強い心が強い肉体をつくり上げる

「氣《き》の散る習《ならい》の付《つ》いて居《い》る人は、血行が宜《よろ》しく無い」と露伴は指摘する。これは露伴の人間観察から導き出された意見である。露伴は、人間とは心（精神）、気（気持ち）、血（肉体）の結合でできていると考える。そして、この三つの関係は、本来、心が気を率い、気が血を率いるというものでなければならないという。

このことを露伴は〝健脚法〟という足を鍛える運動を例にとって説明する。健脚法の練習をするときに、足に精神を集中して行うと、足に気が行き、足の血流がよくなる。そして、それによって筋肉が変わってくる。それは、心、気、血の順番で変わっていくからである。これはあらゆるスポーツにいえることで、相撲などでも、気合いを込めて四股《しこ》を踏んだり鉄砲の練習をすると、それに従って血が動き、血がしっかりとした筋肉をつくっていくことができる。

肉体だけの話ではない。脳も身体の一部である以上、気のありようによって出来が変わってくることがある。

清の閻百詩《えんぴゃくし》は一代の大学者であるが、幼時は愚鈍で書物を何度読んでもよく理解できなかった。しかも、どもりで、多病で、劣等な資質であった。母親は百詩少年が本を読んでいる声を聞く度にかわいそうになって、「もう、やめてくれ」と止めたほどであったという。ところが百詩少年はやめずに本を読み続けた。十五歳になったある寒い日のこと、彼はいつものように一所懸命に本を読んでいた。あまり意味はわからなかったが、それでも頑張って、寝もしないで寒いのを我慢して読み続けた。筆も硯《すずり》も凍るぐらいの寒さだったが、明かりのもとできちんと座って本を読み、そこに書かれていることについて考え込んでいた。すると、突然、扉が開かれるように心がにわかに開け、知力が一気に開花し、何度読んでもわからなかったものが一瞬にして理解できてしまったというのである。

これは「勉強をしよう」という強い精神力が気を率い、その気が血を率いて脳に血を巡らし、その血が脳を変えてしまったというひとつの例である。

私はドイツ語の勉強を始めた頃、なかなか身につかなくて苦労をした。そのとき、関口存男《つぎお》の『ドイツ語をいかに勉強したか』という本と出会った。関口存男はドイツ語の天才といわれ、留学もしないのにドイツ語で小説が書けたという人物である。彼は著書の中で「一所懸命に勉強をしていると、あるとき突如、ドイツ語の文章が連《つら》なってくる」ということをいっている。これは閻百詩《えんぴゃくし》の逸話と同じようなことをいっているのであろう。

私と同部屋であった独文科の学生がこの関口存男の本に非常に感激した。彼は英語の関係代名詞 that と名詞節をつくる that の区別がつかないような男だったが、一日中机から離れずに猛勉強を始めたのである。おおげさではなく、机にかじりついて勉強をしていた。しかし、そのくせ勉強はあまり進んでいる様子ではなかった。それでも四年生になると大学院に行ける程度にはできるようになった。ところが、大学院に入ると一転、彼は突然「できる人間」になったのである。教授が「上智大学にあれだけできる生徒が入ってきたことはない」というほどの変わりようであった。そして、堂々とドイツに留学していったのである。そんな彼の変貌を脇で見ていた私は驚いた。「こんなに出来の悪いやつがいるのか」と何度も思っていたのだから無理もない。私はそのとき、『努力論』の中の閻百詩の話を思い出したものである。

　心が気を率い、気が血を率いると、全身に血がよく巡るようになる。脳も体のうちだ。それが集中力を生み、散乱心がなくなることにつながる。これによって人間は変化し、成長することができるのである。これこそが人間のあるべき姿であると露伴はいう。

3 散る気をなくせば老化を防ぐことができる

幼《よう》にしては長《ちょう》じ、長《ちょう》じては老《お》い、老《お》いては死《し》するのが天數《てんすう》といふものであるから、誰《だれ》も彼《かれ》も生長《せいちょう》するだけ生長《せいちょう》して仕舞《しま》へば、純氣《じゅんき》は漸《ようや》く駁氣《はくき》になつて仕舞《しま》ふ。駁氣《はくき》になつて仕舞《しま》えば、氣《き》が或《あるい》は凝《こ》り、或《あるい》は散《ち》る習《ならい》が付《つ》くし、又《また》は其《そ》の他《た》の種々《しゅしゅ》の惡習《あくしゅう》が付《つ》く。

死《し》に至《いた》るまで發達《はったつ》するといふ鱷魚《がくぎょ》を除《のぞ》いては、獅子《しし》でも豹虎《ひょうこ》でも一切《いっさい》の動物《ぶつ》が皆或程度《みなあるていど》より以上《いじょう》は毫《ごう》も發達《はったつ》せずして衰退《すいたい》する。それが自然《しぜん》である。天數《すう》である。それが常態《じょうたい》である。普通《ふつう》である。平凡《へいぼん》である。

是《ここ》に於《おい》て順人逆仙《じゅんじんぎゃくせん》の語《ご》が靈光《れいこう》を放《はな》つのである。順《じゅん》なれば人《ひと》なのだ。

しかしこゝに逆《ぎゃく》なれば仙《せん》なりといふ道家《どうか》の密語《みつご》が有《あ》る。人《ひと》はたゞに自然《しぜん》に頤使《いし》されるばかりで無《な》く、中《うち》に自然《しぜん》に逆《さか》ふことを許《ゆる》されて居《い》る。

人《ひと》はただ單《たん》に黑鴉《こくあ》白鷺《はくろ》の如《ごと》く、生《うま》れてそして死《し》ぬことを肯《がえん》ずるもので無《な》い。一切動物《いっさいどうぶつ》に超越《ちょうえつ》し、前代文明《ぜんだいぶんめい》に超越《ちょうえつ》し、且《か》つ自己《じこ》に超越《ちょうえつ》し行《い》くことを欲《ほっ》して居《い》るものである。そして人人《ひとびと》の其《そ》の希望《きぼう》が幾分《いくぶん》かづゝ容《い》れられるのである。卽《すなわ》ち造化《ぞうか》が自己《じこ》の意志《いし》に參《さん》することを、人間《にんげん》に限《かぎ》りて許《ゆる》して居《い》るのである。で、人間《にんげん》は小造化《しょうぞうか》となり得《う》るのである。

一體《いったい》散る氣《き》の習《ならい》の付《つ》く所以《ゆえん》の根源《こんげん》を考《かんが》へると、天數《てんすう》から云《い》へば、人《ひと》の漸《ようや》く發達《はったつ》し切つて、そして純氣《じゅんき》より駁氣《はくき》に移《うつ》る其處《そこ》から生《しょう》じて來《く》るのではあるが、其《そ》の當人《とうにん》の心象《しんしょう》から云《い》ふと、氣《き》が散《ち》らねばならぬ道理《どうり》が有《あ》るに關《かかわ》らず、强《し》ひて眼前《がんぜん》の事《こと》に從《したが》ふところから起《おこ》つて來《く》るのであつて、約言《やくげん》すれば氣《き》の散《ち》る可《べ》き事《こと》を度々敢《たびたびあえ》てするより氣《き》の散《ち》る習《ならい》が付《つ》くのである。極々淺近《ごくごくせんきん》な例《れい》を取《と》つて語《かた》らうならば、此處《ここ》に一商人《いちしょうにん》があつて碁《ご》を非常《ひじょう》に好《この》む人《ひと》とする。其《そ》の人《ひと》が碁《ご》を客《きゃく》と圍《かこ》んで居《い》る最中《さいちゅう》に、商業上《しょうぎょうじょう》の電報《でんぽう》が來《き》たとする。電報《でんぽう》は元來至急《がんらいしきゅう》を要《よう》するに因《よ》つて發信者《はっしんしゃ》が發《はっ》したものに定《きま》つて居《い》るのは知《し》れ切《き》つて居《い》るが、碁《ご》を打掛《うちか》けて居《い》るので、直《すぐ》に其《それ》を開封《かいふう》もせずに、左《ひだり》の手《て》に握《にぎ》つた儘《まま》、二手三手《ふたてみて》と碁《ご》を打《う》つ。其《そ》の中《うち》に先方《せんぽう》が考《かんが》へて居《い》る間《あいだ》などに、一寸開封《ちょっとかいふう》して見《み》る。早速《さっそく》返辭《へんじ》の電報《でんぽう》を打《う》たねばならぬとは思《おも》ひながらも、打掛《うちか》けた此《こ》の碁《ご》も今少時《いましょうじ》にて勝負《しょうぶ》の付《つ》くことだから、一局濟《いっきょくす》んでから返事《へんじ》を出《だ》さうなどと、矢張續《やはりつづ》いて碁《ご》を打《う》つて居《い》る。斯様《こう》いふ場合《ばあい》は其《そ》の例《れい》の少《すくな》くない事《こと》であるが、これが抑《そもそも》散《ち》る氣《き》の習《ならい》の付《つ》く原因《げんいん》の最大有力《さいだいゆうりょく》な一箇條《いっかじょう》である。

明智光秀《あけちみつひで》が粽《ちまき》の茅《ち》を去《さ》らずに啖《くら》つたのなんどは、正《まさ》に光秀《みつひで》が長《なが》く天下《てんか》を有《ゆう》するに堪《た》へぬ事《こと》を語《かた》つて居《い》ると評《ひょう》されても仕方《しかた》の無《な》い事《こと》である。粽《ちまき》は其《そ》の皮《かわ》を取《と》つて食《た》べるが宜《よろ》しい位《ぐらい》の事《こと》を知《し》らぬものは無《な》いのであるが、粽《ちまき》を食《た》べながら、氣《き》が散《ち》つて心《こころ》が他所《よそ》へ走《はし》つて居《い》たので、たとへ三日《みっか》にせよ天下《てんか》を取《と》つた程《ほど》の者《もの》が愚人《ぐじん》に等《ひと》しい事《こと》をするに至《いた》る。光秀《みつひで》もえらいには相違《そうい》ないが、定《さだ》めし平生《へいぜい》も、此《こ》の事《こと》に對《むか》ひながら彼《か》の事《こと》を思《おも》ひ、甲《こう》の事《こと》を爲《な》しながら乙《おつ》の事《こと》を心《こころ》に懐《いだ》いて居《い》るといふやうな、散《ち》る氣《き》の習《ならい》の付《つ》いて居《い》た事《こと》らしい。本能寺《ほんのうじ》の溝《みぞ》の深《ふか》さを突然《とつぜん》に傍《かたわら》の人《ひと》に問《と》うたといふのも、連歌《れんが》をしながら氣《き》が連歌《れんが》にイッパイにはなつて居無《いな》かつた證《あかし》である。

太閤《たいこう》が微賤《びせん》であつた時《とき》、信長《のぶなが》に仕《つか》へて卑役《ひやく》を執《と》つたのは、人《ひと》の知《し》つて居《い》る事《こと》であるが、其《そ》の太閤《たいこう》が如何《いか》に卑賤《ひせん》の事務《じむ》を取《と》り行《おこな》つたかといふ事《こと》は考察《こうさつ》せぬ人《ひと》が多《おお》い。如何《どん》な詰《つま》らぬ事《こと》でも全氣全念《ぜんきぜんねん》で太閤《たいこう》は之《これ》を取《と》り行《おこな》つたに相違《そうい》ない。で、其《そ》の點《てん》を信長《のぶなが》が見《み》て取《と》つて段々《だんだん》に採用《さいよう》したに相違無《そういな》い。我々《われわれ》が夜具《やぐ》を丸《まる》めて疊《たた》むやうな遣《や》り口《くち》を仕《し》たならば、信長《のぶなが》は決《けっ》して秀吉《ひでよし》を抜擢《ばってき》し無《な》かつたらうと思《おも》はれる。蓋《けだ》し當時《とうじ》秀吉《ひでよし》と共《とも》に賤役《せんやく》を執《と》つて居《い》た多《おお》くの平凡者流《へいぼんしゃりゅう》は、即《すなわ》ち今日《こんにち》我我《われわれ》が日々《にちにち》夜々《やや》に行《おこな》つて居《い》るやうな、所謂《いわゆる》『宜《よ》い加減《かげん》に遣《や》りつける』遣《や》り方《かた》を仕《し》て居《い》たに違《ちが》ひ無《な》い。

（『努力論』「靜光動光」より）

「全気全念」こそ老化防止の最善の策である

人間というものは、年を取るとともにだんだん集中力がなくなり、古い鏡が曇るように曇ってくるものである。そこで物をいうのが「順人逆仙《じゅんじんぎゃくせん》」という言葉であると露伴はいう。これは道教の言葉であるというが、どのような意味を持つものなのか。

加齢とともにだんだんと衰え、集中力がなくなり、気が散って、惚《ぼ》けていく。これは人間として当たり前のことである。したがって「順」なのである。一方、人並みすぐれた人を「仙《せん》」というが、「仙」とは普通の人間の逆を行くことをいう。それを道教の密語で「順人逆仙」というのである。またこれを別な言葉でいえば「順に逆《さか》らって仙に入る」の意で「逆順入仙《ぎゃくじゅんにゅうせん》」ということもできる。つまり「順人逆仙」とは、自然のままにただ従うのではなく、人間としての最高の努力によって自然と拮抗《きっこう》していくことを表している言葉なのである。

これは決して反自然的な行為を勧めているのではない。露伴は「造化が自己の意志に参《さん》することを、人間に限りて許して居《い》る」という言い方をしているが、これは、人間は他の動物たちとは違い、智恵と工夫によってよりよき生を自ら獲得できる存在であるということをいおうとしているのである。人間が動物たちと同じようにすべて自然のまま生きているのでは価値がない。そうであっては、文明の進歩というものもない。人間が今、太古と同じような状態にないのは、智恵と工夫を生かしてきたからに他ならないのである。

では、「順人逆仙」となるためにはどのような工夫をすればいいかといえば、何よりも散る気をなくす工夫をすることなのである。気が散るというのは癖であり、癖が高じて何も集中できなくなるのである。そうであるならば、どうして散る気が生じたかということを見れば、自ずとそれをなくす手段も湧いてくることになる。

たとえば、ある商人が碁を打っている最中に商売にかかわる電報が来た。昔のことで、電報で来るのだから急用に違いないのだが、それを開封せず、手に握ったまま碁を打ち続け、相手が次の手を考えているときにチラッと中身を見て、返事を出さなくてはと気になりながらも、さらに碁を打ち続ける。こういうことが積み重なると、それが散る気のつく原因になると露伴はいう。こういうときは碁をひとまずやめて、目の前の気になることを処理するのがいいのである。

気にかかることがあるまま何か別のことをやってはいけない。まず、全力を尽くして目の前にある気にかかることを処理してしまうことが重要なのである。このように何事をするにもいちいち徹底するように心掛けることを、露伴は「全気全念」という言葉で表している。全部の気、全部の念がひとつのことに集中している状態である。

この「全気全念」の反対の例として、露伴は、明智光秀が本能寺の乱を起こす直前の話に触れている。連歌をやっている最中、一座の者に、ふと光秀が「本能寺の堀の深さはいくらだ?」と聞いた。連歌をやりながらも光秀の頭の中は本能寺のことでいっぱいになっていたのである。また、本能寺で信長を打ち破ったあと、光秀は山崎で秀吉と戦う。その陣中に村の者がちまきを献上した。すると光秀は、ちまきの皮をむくのを忘れて食べてしまった。おそらく秀吉との戦いのことを考えていたのであろう。これらはいずれも、気が散ってしまっている状態である。露伴はこういう光秀について、「光秀が長く天下を有するに堪《た》へぬ事を語つて居《い》ると評されても仕方の無い事である」「定めし平生《へいぜい》も、此の事に對《むか》ひながら彼の事を思ひ、甲の事を爲しながら乙の事を心に懷《いだ》いて居るといふやうな、散る氣の習《ならい》の付いて居た事らしい」と手厳しい。

光秀とは反対に、全気全念の人として露伴が評価するのは秀吉である。秀吉は些細《ささい》なことにも全気全念で立ち向かった。その様子を見たからこそ、信長は秀吉を抜擢《ばってき》していったのであろうと露伴はいい、さらに「瑣事《さじ》をするにも、瑣事だと思つて輕んずるのは、我が心を尊《たっと》まぬ所以《ゆえん》である」と付言している。

また露伴は、『論語』の中で、弟子が孔子に「夫子《ふうし》は聖者《せいじゃ》か、何ぞ其《そ》の多能なるや（先生は何でもよくお出来になりますね）」という場面を取り上げる。弟子の問いに答えて孔子は「イヤ吾少《われわか》きときや賤《いや》しかりき、故に多く鄙事《ひじ》を能くするのみ（自分は若いときから貧しくて苦労をしたから、いろいろなことができるようになったのだ）」というが、孔子ほどの聖人でも若い頃にはどんなにつまらない仕事でも全気全念でやったことを強調している。そして、「詰《つま》らんことなどは何様《どんな》でも宜《よ》いと、詰らぬ事も出來無《できな》い癖《くせ》に威張《いば》って居《い》るのは凡愚の常で、詰らぬ事まで能く出來て、而《しか》して謙遜して居《お》らるるのは聖賢の態《たい》である」という。

昔から、全気全念の人は風邪もなかなかひかないといわれる。本当の悟りを開いた禅宗のお坊さんは、風邪をひかないものだとされている。それが本当かどうか、かつて今東光さんに尋ねてみたことがある。すると「風邪をひくうちは本物ではない」と明快に答えられた。浄土宗のお坊さんである寺内大吉さんにも同じ質問をすると、「我々はとにかく朝から大きな声で何か所もの仏様にお経を上げなければならない。それをやれば病気はしないし、長生きします」といわれた。確かに得力のあるお坊さんというのは、昔から長生きをして、悟りを開いた人が多いようである。これは訓練として、心、気、血という順序で動くように心掛けてきたからであろう。

また、露伴は全気全念の状況をつくる工夫のひとつとして、自分の趣味に従うことを挙げている。医者の家に生まれたからといって、医者嫌いなのに無理やり医者にさせられても医学の道に全気全念になることは難しい。絵が好きなのに絵を描くことができない仕事をさせられたら、やはり全気全念にはならない。本来、自分が好きなほうに向かうのが全気全念になりやすい状況なのである。これはよくわかる話である。画家は絵が好きで描いているから年を取っても惚《ぼ》けない人が多いし、音楽の指揮者も好きでタクトを振っているから惚けない。朝比奈隆さんなどはいい例で、九十歳を過ぎてもタクトを振っていた。

全気全念になる状況を心掛けていれば、年とともに気が散って古くなった鏡のようになることもなく、「順に逆らって仙に入る」ことができる。もちろん普通の人は禅宗のお坊さんのように朝から晩まで座禅を組んでいるわけにはいかない。しばしば気の散ることもあるであろう。しかし、そういうときに散る気をとどめることに少し意識を向けて心掛けておくだけで、長い目で見るとずいぶん違ってくるはずである。ほんの少しの角度の差でも、半径が長くなればその差が格段と大きくなるように、平生の心掛けが将来に大きな差となって現れてくるものなのである。

最優先するべき課題は何かを常に考えよ

睡氣《ねむけ》さゝぬ時念佛《ときねんぶつ》を申《もう》されよと尊《たっと》き僧《そう》は教《おし》へ、用事仕果《ようじしは》てゝ後付合《のちつきあ》ひせんと然《しか》るべしと良《よ》き師《し》は評《ひょう》せりとかや。人誰《ひとだれ》か職務無《しょくむな》からん。職務《しょくむ》を濟《す》まさで戦《いくさ》はゞ将棋《しょうぎ》には勝《か》つても風流《ふうりゅう》の罪《つみ》はまぬかれじ。

(『靄護精舎雜筆《あいごしょうじゃざっぴつ》』「将棋《しょうぎ》」より)

これは『靄護精舎雜筆《あいごしょうじゃざっぴつ》』にある「将棋《しょうぎ》」と題された長い文章の一部である。ここで露伴がいおうとしているのは、本筋と本筋でないものの順序をわきまえろということである。

念仏というものは、たとえ眠かろうがやろうと思えばやれるものである。しかし、本当の念仏は、眠気がしない、頭が冴《さ》えたときにやるべきものである。また、将棋であろうが俳句であろうが碁であろうが、仕事があるときはそれを済ますことを最優先にするべきものである。これは普通の人も素直に自分の気持ちに従えばわかることである。

この部分については私も露伴の本を読んで同感したのであるが、それは、私が将棋が好きであったということもあろう。学生の頃、私は夏休みに郷里に帰ると、すぐに近所の将棋の強い友人と将棋を指したものである。すると、帰った初日は絶対に負けないぐらい強いのだが、翌日になると負け始め、三日目になるとあまり勝てなくなってしまう。なぜかと考えると、やるべき宿題や読もうと思って持って帰った本のことが気になり始めるからである。やはり片付けるべきことをしないで将棋を指しても集中できないのである。

露伴がいっている「優先する仕事があれば、気を散らさないで、まずそれを済ましてしまえ」というのは、いわば常識である。子どもでも、学校から帰ったら「宿題をやってから遊べ」とよくいわれる。それは当たり前のことながら、露伴の教訓に従えば、これが散る気を育てない工夫なのである。そして散る気を育てないということは、老化、ぼけというコースから遠ざかるという道であり、「仙に入る道」に通ずる道である。

当たり前のことをやれば「仙に入る」ことができる。しかし、それができる人は少ない。ここに当たり前の難しさがある。それを克服することができるかどうか、それが何かを成し遂げる人になるか、凡人のままで終わるかの分岐点となる。

4

百パーセント以上の力を発揮する気の持ち方・使い方

誰《だれ》しもが經驗《けいけん》して記憶《きおく》して居《い》ることで有《あ》らう。人《ひと》には氣《き》の張《は》ると云《い》ふことと、氣《き》の弛《ゆる》むと云《い》ふこととが有《あ》る。氣《き》の張《は》つた時《とき》の光景《こうけい》、氣《き》の弛《ゆる》んだ時《とき》の光景《こうけい》、其《そ》の兩者《りょうしゃ》の間《あいだ》には著《いちじる》しい差《さ》がある。

張《は》る氣《き》とは抑々《そもそも》何様《どう》いふもので有《あ》らう。弛《ゆる》む氣《き》とは抑々《そもそも》何様《どう》いふもので有《あ》らう。何《なに》かは知《し》らず、人《ひと》の氣分《きぶん》が張《は》つてのみも居《お》らず、弛《ゆる》んでのみも居《お》らず、一張一弛《いっちょういっし》して、そして張《は》つた後《のち》は弛《ゆる》み、弛《ゆる》みたる後《のち》は張《は》りて、循環《じゅんかん》すること譬《たと》へば猶《なお》晝夜《ちゅうや》の如《ごと》く、朝夕《あさゆう》の如《ごと》く、相互《そうご》に終始《しゅうし》して行《い》くことは誰《だれ》しも知《し》つて居《い》ることである。

試《こころみ》に人《ひと》の氣《き》の張《は》つた場合《ばあい》を觀《み》やう。

譬《たと》へば女子《じょし》の夜《よる》に入《い》りて人少《ひとすくな》き路《みち》を行《い》くに、其《そ》の心恐怖《こころきょうふ》を抱《いだ》きながらも強《し》ひて歩《ほ》を進《すす》むるやうな場合《ばあい》をば、努力《どりょく》して事《こと》に従《したが》つて居《お》るといふのである。然《しか》るに同《おな》じ女子《じょし》の同《おな》じ寂寥《せきりょう》の路《みち》を行《い》くにも、若《も》し其《そ》の女子《じょし》が病母《びょうぼ》の危急《ききゅう》に際《さい》して醫《い》を聘《へい》せんが爲《ため》に、孝思甚《こうしはなは》だ深《ふか》き餘《あま》り、唯《ただ》すみやかに母《はは》の苦《く》を救《すく》はんとするの念慮熾《ねんりょさかん》にして走《はし》り、路次《ろじ》の寂寥《せきりょう》をも意《い》とする無《な》くして行《い》くとすれば、其《そ》の如《ごと》き場合《ばあい》を指《さ》して『氣《き》が張《は》つた』と人《ひと》は言《い》ふのである。

此《こ》の氣《き》の張《は》りといふことが存《そん》する以上《いじょう》は、願《ねが》はくは張《は》る氣《き》を保《たも》つて日《ひ》を送《おく》り事《こと》に従《したが》ひたいものである。併《しか》し人《ひと》は一切《いっさい》の物《もの》と同《おな》じく常《つね》に同一《どういつ》では有《あ》り得《え》ぬのである。で、或時《あるとき》はおのづから張《は》る氣《き》になり、或時《あるとき》はおのづから弛《ゆる》む氣《き》になつてゐるのである。一張一弛《いっちょういっし》して、そして次第《しだい》に或《あるい》は成長《せいちょう》し或《あるい》は老衰《ろうすい》するのである。張《は》る氣《き》を保《たも》つてゐることは中々困難《なかなかこんなん》である。

（『努力論』「進潮退潮」より）

張る気は人間の最高の能力を引き出すもとになる

「気には張弛《ちょうし》がある」と露伴は語る。気を見るときに一番象徴的なものは「張る気」と「弛《ゆる》む気」であるという。では、「張る気」「弛む気」とはどういうものか。露伴はそれを潮の干満にたとえる。

満ち潮のとき海岸に立っていると、ヒタヒタと現れた潮が遠浅の海を埋めて岸壁まで押し寄せてくる。これが「進潮」であり、張る気の状況である。とくに朝の満ち潮の状況は、張る気の中でも一番いい姿である。一方、潮が引いていく状況を「退潮」といい、これは弛む気の状況である。とくに夕方の引き潮は、弛む気の一番いい姿である。潮が変化するように、人の気分も張ってばかりでも弛んでばかりでもなく、「一張一弛《いっちょういっし》して、そして張った後は弛み、弛みたる後は張りて循環する」のがいいのである。

露伴は、張る気というものは「其《そ》の人の内に在《あ》る或者《あるもの》が、外に向つて伸長擴張《かくちょう》せんとする状《さま》を呈したる時」に起こるもので、非常にいい気であるという。そして、張る気がある場合と張る気がない場合を考えてみると、次のような違いがあるという。

ある暗い道を女の子が歩いているとき、張る気がないと、暗くて怖いからあちこちキョロキョロと探りながら歩かなければいけない。ところがもし自分の母親が病気で医者を呼びに行かなければならないのだとしたらどうか。暗い道であろうが何だろうが、怖いも何もなく、ひたすら走るであろう、と。つまり、これが張る気の状態なのである。

また、海で櫓《ろ》を漕《こ》ぐ漁師は、潮に逆らって漕がなければならないとなると非常に疲れるし、つらいものである。ところが、そこに魚がいっぱいいるとわかっていて漕ぐならば、くたびれてなどおれないし、何も大変だとは思わない。これは気が張った状態にあるからである。

同じ人間でも、気が張ったときは、普通のときに比べてはるかにすぐれたことができるというのである。実際に、張る気の状態にあるときは、普通の状態とは心身が別の状態になっている。「火事場の馬鹿力」というのも、短時間に気が張った状態にあるといっていいものである。
そうであれば常に張る気を保っていたいものだが、「人は一切の物と同じく常に同一では有り得ぬ」から、あるときは張る気になるし、またあるときは弛む気になる。これは仕方のないことである。ただ、張る気の状態のときに平常とは違った力が出ることは明らかなので、せめて仕事をしているときだけでも張る気を持って当たれば大概のことは成就《じょうじゅ》できる、と露伴はいうのである。

張《は》る氣《き》の反對《はんたい》の氣《き》は弛《ゆる》む氣《き》で有《あ》る。氣《き》といふものは元來《がんらい》『二氣《にき》を合《あわ》せて一《いち》元《げん》となり、一元《いちげん》が剖《わか》れて二氣《にき》となる』ものであるから、必《かなら》ず其《そ》の反對《はんたい》の氣《き》を引《ひ》きあひ生《しょう》じ合《あ》ひ招《まね》き合《あ》ひ隨《したが》へ合《あ》ふものである。そこでたま〳〵張《は》る氣《き》を以《もっ》て事《こと》に當《あた》り務《つとめ》を執《と》つて居《お》ること少時《しょうじ》であれば、直《ただち》に又反對《またはんたい》の弛《ゆる》む氣《き》が引《ひ》き出《だ》されて來《き》て、漸《ようや》くにして張《は》る氣《き》は衰《おとろ》へ、弛《ゆる》む氣《き》は長《ちょう》じて來《く》ること、譬《たと》へば進《しん》潮《ちょう》の長《なが》く進潮《しんちょう》たり得《え》ずして、やがて退潮《たいちょう》を生《しょう》ずるが如《ごと》くである。で、折角《せっかく》張《は》

る氣《き》を以《もっ》て事《こと》に處《しょ》し物《もの》に接《せっ》して居《い》ても、反對《はんたい》の弛《ゆる》む氣《き》が頓《やが》て生《しょう》じて來《く》る。これが一難《いちなん》である。

それから又《また》『母氣《ぼき》は子氣《しき》を生《しょう》ずる』のが常《つね》である。張《は》る氣《き》を母氣《ぼき》とすれば、逸《はや》る氣《き》は子氣《しき》である。逸《はや》る氣《き》は直上《ちょくじょう》して功《こう》を急《いそ》ぐ氣《き》で、枯草乾柴《こそうけんさい》の火《ひ》の續《つづ》かず、飈風《ひょうふう》の朝《あした》を卒《お》へざるが如《ごと》きものである。

亢《たかぶ》る氣《き》もまた張《は》る氣《き》の子氣《しき》として生《しょう》ずる。幸《さいわい》にして張《は》る氣《き》よりして逸《はや》る氣《き》を生《しょう》ぜずに、しばらく張《は》る氣《き》を保ちて幾干時《いくばくじ》を經《へ》ると、張《は》る氣《き》の結果《けっか》として幾干《いくばく》かの功徳《くどく》を生《しょう》ずる。其《そ》の時其《ときそ》の人《ひと》の器《うつわ》が小《ちいさ》いとか氣質《きしつ》の偏《へん》が有《あ》るとかすると、おのづからにして亢《たかぶ》る氣《き》を生《しょう》ずる。亢《たかぶ》る氣《き》の象《かたち》は、人《ひと》の上《うえ》、天《てん》の下《した》に横流《おうりゅう》して暴溢《ぼういつ》し、自《じ》を張《は》つて他《た》を壓《あつ》するのである。

（『努力論』「進潮退潮」より）

指導者が注意すべき逸る気と亢る気

張る気と弛む気は「二氣《にき》を合《あわ》せて一元《いちげん》となり、一元が剖《わか》れて二氣となる」ものであって、互いの気を引き合うものである。ゆえに、張る気が出てくると弛む気は衰え、張る気が衰えると弛む気が伸長することになる。

また、「張る氣は子氣を生ずる」といって、張る気を母気（ぼき＝母親の気）とすれば、張る気から派生する子気（しき＝子どもの気）というものがある。子気にはいろいろなものがあるが、まずそのひとつに「逸《はや》る気」がある。張る気によって物事がうまくいくと、人間はとかく功を急いで逸る。そこに生まれる気が逸る気である。逸る気は張る気と似ているようだが、「多凶少吉」の危険な気であると露伴はいう。

また、張る気から派生した子気には「亢《たかぶ》る気」もある。張る気によっていくつかの成功を収めると、ついついいい気になって亢る傾向にある。これには人間の器《うつわ》や気質の問題もあると露伴は指摘するが、いずれにせよ、亢る気も逸る気と同様にいいものではない。

張る気が逸る気や亢る気に変わったことによって失敗をした典型を挙げるとすると、太平洋戦争の分岐点ともなったミッドウェーの海戦がある。

真珠湾を攻撃する前の連合艦隊総司令官山本五十六《いそろく》と参謀たちの状況はまさに張る気で満ち満ちていたといっていい。張る気によって真珠湾の奇襲に成功し、その後、イギリスのプリンス・オブ・ウエールズとレパルス号をマレー沖で沈没させ、インド洋作戦では航空母艦や重巡洋艦を次々に撃沈した。そのときの急降下爆撃の命中率は八〇パーセントを超えたというから、これはとうてい信じられない数字である。まさに張る気のなせるわざというしかない。

ところが、連合艦隊が日本を離れている間に、アメリカの空母から飛び立ったドゥーリットル爆撃隊が東京を爆撃した。実害はほとんどなかったが、連戦連勝という最中でのこの出来事に対して連合艦隊の司令部は怒りに怒った。そのときに張る気が逸る気と亢る気に変わってしまったのである。そして、そのままの状態でミッドウェーに臨み、完膚なきまでにやられてしまった。ミッドウェーに向かうときの日本軍の状態を気で見ると、まさに亢る気に支配されていたといえるだろう。アメリカをなめ切っていたとしか思えないのである。真珠湾を攻撃するときには完璧であった情報の守秘も徹底されず、呉の軍港では芸者や床屋の店主までもが「今度はミッドウェーだそうですね」と話していたというぐらいルーズになっていた。また、作戦としても、なぜ航空母艦と主力連合艦隊が一緒に行動しなかったのかという疑問が残る。航空母艦だけを出したのなら判断ミスで済むのだが、主力連合艦隊は五百キロ後から離れてついて行っているのである。連合艦隊を出すのなら、なぜそのような無意味なことをしたのか、これは気が逸り亢っていたとしか考えられないのである。

東京を爆撃されたことで司令部は感情的に亢って、冷静さを欠いたまま先走った行動をとってしまったのである。それが敗北につながったのは、露伴にいわせれば当たり前のことであったろう。一兵士が逸る気や亢る気を持つのは構わないとしても、司令官は絶対に逸ったり亢ってはいけない。いつでも張る気を保つように心掛けなければならないのである。これはスポーツにおける指導者や会社の経営者などにも当てはまる教訓であるといえそうである。

凝《こ》る氣《き》は張《は》る氣《き》の『隣氣《りんき》』である。其《そ》の象《かたち》は張《は》る氣《き》に似《に》て、甚《はなは》だ近《ちか》いものである。併《しか》し張《は》る氣《き》とは大《おおい》に差《さ》がある。張《は》る氣《き》は吾《わ》が向《むか》ふ所《ところ》に對《たい》して、吾《わ》が心《こころ》が一《いっ》ぱいに充《み》ちて居《い》るのであるが、凝《こ》る氣《き》は向《むか》ふところに吾《わ》が氣《き》が注潜埋《ちゅうせんまい》没《ぼっ》して終《しま》ふのである。吾《わ》が心卽《こころすで》に吾《わ》が心《こころ》にあらざるが如《ごと》くなつて、たゞ一向《いっこう》になるのが凝《こ》る氣《き》である。

信玄謙信《しんげんけんしん》も晩年《ばんねん》まで凝《こ》る氣《き》の脫《だつ》せずして、川中島四郡《かわなかじまよんぐん》に半生《はんせい》の心血《しんけつ》を費《ついや》したのである。秀忠《ひでただ》も凝《こ》る氣《き》の働《はたらき》に任《まか》せて關ヶ原《せきがはら》の戰《たたかい》の間《ま》に合《あ》は無《な》かつた。東《とう》照公《しょうこう》と戰《たたか》つて負《ま》けた豐太閤《ほうたいこう》は、口惜《くちお》しくも思《おも》つたらうが、小牧山《こまきやま》の追目《おいめ》にか〻つて戰爭沙汰《せんそうざた》をせずに、自分《じぶん》の母《はは》をさへ質《しち》にして家康《いえやす》を上洛《じょうらく》させ、そして天下《てんか》の整理《せいり》を早《はや》めたところは、流石《さすが》に凝《こ》る氣《き》の弊《へい》を受《う》けずに張《は》る氣《き》の功《こう》を用《もち》ゐた秀吉《ひでよし》の大人物《だいじんぶつ》たるところである。

（『努力論』「進潮退潮」より）

凝る気によって天下を取り損なった信玄と謙信

逸《はや》る気や亢《たかぶ》る気のような張る気の子気ではないが、張る気の隣にあるのが「凝《こ》る気」である。凝る気は張る気とよく似ているが、実際は大きく異なると露伴はいう。

たとえば、川中島を争って信玄と謙信は何度も刃を交えた。当時、信玄と謙信といえば、抜群に戦がうまかった戦国武将であったのに、川中島での戦いは双方にとって何も益のないものに終わってしまった。謙信と信玄が互いを好敵手と認めていたのはいいとして、あまりにも相手を打ち破ることに執着しすぎたため、天下取りという野望を果たすことができなかった。露伴にいわせれば、これは張る気ではないし、逸る気でも亢ぶる気でもなく、凝る気なのである。

また、徳川秀忠が関が原に駆けつけようとしたとき、信州上田城で真田昌幸の抵抗にあった。秀忠は「こんな城を落とさないでなるものか」と凝る気の働きにまかせて上田攻めに執着し、関ヶ原に間に合わなくなってしまった。

このように凝る気と張る気は似て非なる最たるものである。張る気は生気だが、凝る気は死気なのである。凝る気は悪気ではないが、凝る気にならずに張る気を保つことが大切なことなのである。

「凝る氣の弊を受けずに張る氣の功を用ゐた」人物として、露伴はここでも秀吉の名を挙げる。小牧山の戦いで秀吉は家康に負けてしまうが、負けたことにこだわらずに兵を引く。それどころか、母親を人質に差し出して家康を上洛させる。それによって、一気に天下の整理を早めることに成功するのである。負けたからといって気は屈せず、張る気のみを用いて、凝る気に落ちなかったことが秀吉の大人物たるところであると露伴は評価している。

戦に負けるにしても負け方がある。意地を張っていつまでも戦いを引き延ばし、兵力の無駄遣いをするのではなく、状況によってはさっと引いて次に備える。これが凝る気と張る気の違いである。露伴の指摘するように、張る気を維持するというのはなかなか難しいものであるが、それをうまくコントロールできることが戦いに勝利する条件である。張る気、逸る気、亢る気、凝る気などの気のあり方で見ると、古今東西の戦争はおおよそ的確に説明できるように思う。戦争だけではない。人生における成功、失敗というのも、同様な見方で説明できるように思えるのである。

第六章

今、日本に求められる修養の力

1　子どもの減少は日本の急速な退潮を証明している

佛教《ぶっきょう》や基督教《きりすときょう》や道教《どうきょう》の所説《しょせつ》では、人類《じんるい》は其《そ》の始期《しき》が最幸福《さいこうふく》で、文明史家《ぶんめいしか》や政治史家《せいじしか》や科學者《かがくしゃ》の所説《しょせつ》に照《てら》して今人《いまひと》が想像《そうぞう》すれば將來《しょうらい》が幸福《こうふく》に思《おも》へるから、過去《かこ》が眞《しん》に幸福《こうふく》であつたとすれば、今《いま》は卽《すで》に老期《ろうき》に入《はい》つて居《お》るが如《ごと》く、將來《しょうらい》が愈々《いよいよ》幸福《こうふく》だとすれば、今《いま》は猶壯期《なおそうき》に屬《ぞく》するが如《ごと》く考《かんが》へられる。しかし必《かなら》ずしも其《そ》の那方《いずれ》の説《せつ》が眞《しん》を得《え》て居《お》るといふを決定《けってい》するにも及《およ》ば無《な》いで、世界人《せかいじん》類《るい》が猶未《なおいま》だ衰殘減少《すいざんげんしょう》に傾《かたむ》かざるに徵《ちょう》して、世界《せかい》が今張《いまは》る氣《き》を有《ゆう》して居《い》ることは明《あきら》かである。

（『努力論』「進潮退潮」より）

張る気を失った日本の危機

人類と世界の関係を考えるとき、物事の見方には二種類ある。だんだんよくなっていくという考え方と、だんだん悪くなっていくという考え方である。

あらゆる宗教は、初めが楽園でだんだんと悪くなっていくと考える。仏教、キリスト教、道教の説はそうである。儒教も尭舜《ぎょうしゅん》の時代を理想としていることから、だんだん悪くなっていくという考え方である。ところが、近代の文明史家や政治史家や科学者は、将来がだんだん明るくなると考えているのである。

この二つの考え方については、私はどちらが正しいのかわからない。露伴自身も、初めがよくてだんだん悪くなったのか、あるいはこれからだんだんよくなるのかどうか、本当のところはわからないといっている。

地球の歴史を見れば、最初は火の玉のようなものであって生物は住むことができない状態にあった。また最後は冷えてしまって、やはり生物は住めなくなることは明らかである。そう考えると、最初はよくなくて最後もよくないと見ることもできるのではないか。初めがよかったといっている宗教も、そう簡単にはいえないだろうし、どんどんよくなるというのも、また限界があるような気がする。

ひとつの国の民族や会社にも、興亡がある。会社でも国でも興るときは張る気がある。現在からたった七十年間の日本史を振り返ってみても、戦争の当初は張る気があった。やがてそれは逸《はや》る気や亢《たかぶ》る気になってしまったが、いずれにせよ、張る気に近い活気のある気があった。また、敗戦のあとも、復興の最中は、毎日の生活がだんだんよくなっていくという感じの張る気があった。ところが、ここ十年前ぐらいから、だんだん弛む気が強くなってきたように私は思う。そして、このままでは日本の将来はかなり危ないのではないかと感ずるようになった。

それは根拠なき予感ではない。簡単にいうならば、人口の問題がある。最近イギリスを旅行したときに、一行の人を見たところ、六十歳以上の人たちで孫のいる人は私一人だけであった。私の妻は三十歳までに三人の子どもも生んだ。その三人の子どもたちのうちで、今は娘に一人だけ子どもがいる。つまり私には一人の孫がいるのである。

娘の夫の家も、親はだいたい私たちと同じ年齢で、子どもは三人いる。三人いて、孫は私たちの娘と彼らの息子のところに生まれた子どももただ一人である。

もし私たちの代と子どもたちの代が同じ確率で子どもを生めば、今私たちには十五人の孫がいなくてはならない。ところが実際は、一人の孫しかいない。あるべき姿の十五分の一である。これは少子化というようなものではない。〝孫ゼロ化〟というほうがピンとくるのではないかと思うのである。

よく厚生労働省が平成何年には人口が今の半分になるというような統計的数値を発表する。そういう数字を聞くと、今の半分もいれば立派なものだなどと考えるが、問題はその中身である。たとえば人口が六千万になった場合、六千万のうちの五千万は老人で、働いている人は一千万人ぐらいという計算になってしまうのである。そうなれば、現行の年金制度が崩壊することはいうまでもない。介護保険をかけていても介護をする人がいないということになる。一人で五、六人の老人介護をした上に生産活動をするという計算は、どう考えても成り立たない。

私は現在年金をもらっているが、この年金は今働いている人たちの払っている保険料の中からもらっているものである。また、私がすでに払った保険料は、どこかの老人たちにすでに払われている。このように、日本の年金制度というのは、現在働いている人の保険料がそのときどきの老人たちの年金として充当される仕組みになっている。ところが、このまま少子化が続けば、今保険料を払っている人たちが私の年齢になったときは、保険料を払う人がほとんどいない状況になってしまう。これは、明治以来、張る気を持ち続けてきた日本が急速に、そして徹底的に、「バラける気」になってしまったというような感じがしなくもない。

十年前ぐらいに、石井威望《たけもち》氏とお話ししたとき、石井氏は日本のハイテクの明るい未来について語られた。その頃の日本の産業界には、毎年一個師団、つまり一万人以上ぐらいの理工科の卒業生が入社していた。毎年一個師団の理工科卒の人間が産業界に入るのだから、確かに日本のハイテクは強力だと思ったものである。ところがこの十年の間に、有名大学の工学部の学生の過半数は留学生で占められるようになり、一個師団というのは夢物語になっている。

すべての学問の本質は分化であり、分化したそれぞれの場所に専門家が生まれる。

分化が進むにつれて、専門家の数は増えていくことになる。その結果、研究者がたくさんいる国にはかなわないという現象さえも起こってくるのである。そういう見方をすると、日本は明らかに、しかも急速な勢いで退潮期に入っているといえよう。再び進潮に戻ればいいが、引きっぱなしになる恐怖感を私は持っている。この危機感を今の政治家たちに感じてもらわなくてはいけない。

　日本の退潮が起こった最大の理由は、すでに述べたアメリカの政策で家族制度をなくす方向に進んできたということである。家族制度がなくなると、家を守るという思想がなくなる。家を守る思想がなければ、本気で子どもをつくろうとする思想もなくなる。昔は、子どものできない人は家を守るために必ず養子をとって育てたものであるが、そういう考え方もなくなっている。

　露伴のいう進潮退潮という見方に立って考えると、明治以後の日本はものすごい勢いで進潮にあった。ゆえに露伴も「世界人類が猶未《なおいま》だ衰残減少《すいざんげんしょう》に傾《かたむ》かざるに徴《ちょう》して、世界が今張る氣を有して居ることは明かである」と断言できたのだろう。しかし、ここ十年ぐらいで、世界は、その中でもとくに日本は、急速に退潮に入っているというような感じがしてならない。国の存亡に関わる重大なる危機を日本は迎えているといっていいだろう。

2　今こそ、形式の重要性を見直すべきである

人《ひと》には器《き》と非器《ひき》とがある。人《ひと》の器《き》と非器《ひき》とを併《あわ》せて、一《ひとり》の人《ひと》が成立《なりた》つのである。臓腑《ぞうふ》より脳髄骨骸筋肉血液神經髪膚爪牙等《のうずいこつがいきんにくけつえきしんけいはっぷそうがとう》に至《いた》るまで、眼見《めみ》る可《べ》く手觸《てふ》る可《べ》くして、空間《くうかん》を塡塞《てんそく》せるもの、卽《すなわ》ち世《よ》の呼《よ》んで身《み》となすところのものは、是器《これき》である。其《そ》の人《ひと》の器《き》の破壞《はかい》せられざる存在《そんざい》は卽《すなわ》ち其《そ》の人《ひと》の存在《そんざい》である。又眼見《またためみ》る可《べ》からず、手觸《てふ》る可《べ》からず、空間《くうかん》を塡塞《てんそく》せずして存《そん》する名《な》づけ難《がた》く捉《とら》へ難《がた》きものがある。世《よ》は漠然《ばくぜん》と之《これ》を呼《よ》んで心《こころ》となすのであるが、是卽《これすなわ》ち非器《ひき》である。非器《ひき》の破壞《はかい》せられざる存在《そんざい》は卽《すなわ》ち其《そ》の人《ひと》の存在《そんざい》である。此《こ》の器《き》

分《ぶん》と非器分《ひきぶん》とを併《あわ》せて呼んで人《ひと》といふのである。

器分《きぶん》と非器分《ひきぶん》を離《はな》れて存《そん》し得《う》るであらうか、又非器分《またひきぶん》は器分《きぶん》を離《はな》れて存《そん》し得《う》るであらうか。器分即ち非器分《きぶんすなわちひきぶん》で、身即心《しんそくしん》ではあるまいか、非器即器《ひきそくき》で、心即身《しんそくしん》では有《あ》るまいか。古《いにしえ》の人《ひと》は或《あるい》は身《み》を外《ほか》にして心《こころ》あることを思《おも》ひ、或《あるい》は心《こころ》を外《ほか》にして身《み》あることを思《おも》ひ、身心《しんしん》を分離《ぶんり》し得《う》るやうに考《かんが》へたものもある。其《そ》の思想《しそう》の由《よ》つて來《きた》ることを尋《たず》ぬるに、蓋《けだ》し人死《ひとし》して身猶存《みなおそん》し、而《しか》して其《そ》の感思《かんし》し料簡《りょうけん》し命令《めいれい》する所以《ゆえん》のものゝ存《そん》せざるに至《いた》れるを見《み》たるより發《はっ》したので有《あ》らう。

佛敎渡來以後《ぶっきょうとらいいご》、邦人《ほうじん》の身體《しんたい》は必《かなら》ず其《そ》の思想《しそう》と共《とも》に變《へん》じたのを疑《うたが》は無《な》い。葷《うん》羶《せん》を食《くら》ふことを忌《い》むに至《いた》つた後《のち》、邦人《ほうじん》の思想《しそう》は身體《しんたい》と共《とも》に變《へん》じたのを疑《うかが》は無《な》い。

佛陀《ぶっだ》は葷羶《うんせん》を禁《きん》じてゐる。葷《うん》を喫《きっ》すれば悪魔《あくま》其《そ》の唇《くちびる》を舐《な》むるとまで説《と》いてゐる。戒律煩苛《かいりつはんか》、鐵鎖木枷《てっさぼくが》の紛々《ふんぷん》たるも、畢竟身心不二《ひっきょうしんしんふじ》なるが故《ゆえ》に、身《み》をして如法《にょほう》ならしむるは、心《こころ》をして如法《にょほう》ならしめ、身《み》をして不如法《ふにょほう》ならしむる時《とき》は、心《こころ》をして如法《にょほう》ならしむる能《あた》はざるを致《いた》すが爲《ため》である。形式《けいしき》と精神《せいしん》とを分《ぶん》離《り》して考《かんが》ふるは、形式《けいしき》を破却《はきゃ》するに好都合《こうつごう》であるが、口《くち》を精《せい》を取《と》り麤《そ》を舎《お》き、内《うち》を尊《たっと》び外《そと》を遺《わす》るゝに藉《か》りて、先《ま》づ律儀《りちぎ》を壊《やぶ》るのは、大阪城《おおさかじょう》の外濠《そとぼり》を埋《うず》むるのである。

(『努力論』「説氣《せっき》　山下語《さんげご》」より)

形を捨て去ることは心を捨て去ることにつながる

人間は「器分」と「非器分」の二つに分けて考えることができると露伴はいう。これはデカルトが精神と肉体といった、その分け方と似ている。この器分と非器分が永遠に分かたれることを死ということができる。人の器とは、臓器や筋肉、血液、骨、神経など、目で見たり手で触ったりできるもののことをいう。一方、非器というのは目で見たり手で触ったりできないもの、つまり心のことである。器分と非器分は違うものだが、相互に非常に強い相関性がある。「器分即ち非器分で、身即心」「非器分即ち器分で、心即身」なのである。

たとえば、精神の働きの中心は脳にあるわけだが、目もなく鼻もなく舌もなく耳もなく、単に脳だけがあったとしたらどうか。五感のない脳がどうやって働くかなど見当もつかないことである。つまり、精神も五感という器分がなければ働かないのである。

仏教が渡来して以来、日本人は肉食を遠ざけてきた。それによって日本人の身体は変化し、また思想も変化したに違いない。お経の中では「葷《うん》（ニラやネギ）を喫すれば悪魔その唇を舐《な》むる」とまで説いている。これは生臭いものを食べると仏の戒律は守りにくくなるということだが、心身不二《ふじ》でなければならないということをいっているのである。

そのことを考えると、形を正すということは決して軽視すべきことではない。形式は心と通じているということを忘れるべきではない。今は戒律を軽んずる傾向があるが、それは心と体が二即一であるという洞察が薄れてきているあかしである。

露伴はここで西洋思想の影響を受けて日本人が心と身体を別のものとして考えるようになってしまっていることに警鐘を鳴らしている。露伴の頃の話でいえば、長年守られてきた肉を食べないという伝統が打ち破られてしまったということがある。それによって、身体ばかりではなく、日本人の思想もまた変わらざるを得ないと観察しているわけである。それは日本人が日本人でなくなってしまうという危機感として露伴には感じられたに違いない。

時代は変わったが、今でも露伴のこの警鐘は力を持っているように私には思える。私の体験でも、こういうことがあった。

ある会で奈良の有名なお坊さんと同席したときのことである。そのときの食事にステーキが出た。お坊さんはどうするだろうと見ていると、おいしそうに食べているのである。今はお坊さんだからといって精進料理ばかり食べているわけではないだろうが、私の目には仏教の戒律を守っていないように映った。私はその光景に、日本の伝統仏教が奮わない原因を見たように思ったのである。

カトリックでも同じようなことがある。私のうちは妻がカトリックであったため、結婚した当初は「金曜日には肉を食べない」ことを非常に厳格に守っていた。ところがカトリックにも進歩的な考えが取り入れられ、そういうことがルーズになったのである。これは余計なことのように私には感じられた。金曜日の禁肉食がルーズになったために、信仰自体が「そう真剣に考えなくてもいい」というように、しまりがなくなってしまうように思ったのである。そのとき、進歩的な考えというのは意外に浅薄なものであるという感じがした。

伝統や形式を重んじることがすっかり忘れ去られてしまった感のある現代ではあるが、露伴のいうように、これらのものは伊達《だて》にあるわけではない。たとえば、朝の挨《あい》拶《さつ》ひとつとってみても、そこには深い意味が込められているのである。

子どもが朝の挨拶を励行すれば、そこには親や先生に対する尊敬の気持ちが生まれてくる。私たちが中学のときは、先生が教室に入ると、みんなが一斉に立ち上がってお辞儀をしたものである。そういう学校では、子どもの暴力など決して起こるものではない。それは昔のことだから、という考えは正しくない。私は大学の授業の始めに、いつも必ず学生全員を立たせてお辞儀を交し合っていた。大学院ではさすがに立たせるのはおかしいと思ったが、学生が皆そうするものだと理解していたので、自然と立ってお辞儀をしてから授業に入るということを続けていた。そのせいか、私は学生と非常に仲良くやってこれたと思っている。

このように、形というものは非常に重要なものなのである。形に重きを置きすぎると形式主義に陥る危険性はあるが、形式を軽んずるとすべてがゆるがせになるこわさがある。また常識的にいっても、ある程度の形式を守らないと軽んじられるということもあるだろう。

私の経験でいうと、こういうことがあった。

私の結婚式のとき、当時の学部長が全くの平服でやって来たのである。もちろん急に連絡したわけではなく、事前にちゃんと連絡をしていた。しかもフルコースの食事が出る結婚式であった。それにもかかわらず、学部長は全くの平服だったのである。しかし、そのときは私はあまり気にしなかった。ああ、この先生は平服主義なのだなと思った程度であった。ところが、同じ先生が私の友人の結婚式に出席したときにはモーニングを着ているのである。これはどうしたことかと思っていたら、どうやら友人の父親が有名なドイツ学者だったことが理由らしいとわかった。これには私は非常に腹が立った。その結果私は、その学部長のいる学部を変わることを申し出、それを実行に移してしまったのである。

似たような話がもうひとつある。昔、私と寮で一緒に暮らしていた男が結婚することになった。この男は学科長のことをひどく嫌っていたのだが、呼ばないわけにはいかないので招待状を出した。すると、結婚式当日、出席者のほとんどがやや黒っぽい服をまとってやってくる中、彼が嫌っていた学科長だけがモーニングを着てきたのである。それを見た彼は感激して、その後、学科長の悪口は一切いわなくなった。

このようなこともあるから、たかが着る物ひとつでもなかなか大変なのである。

他愛もない話といってしまえばそれまでなのだが、形式というものが意外に影響力のあるものであるということは間違いない。形式主義に陥ることには注意が必要だが、形式を全く無視してしまうのもいいことではない。社会の基礎となる形式は大切に伝えていくべきであろうし、それは祖先から受け継がれてきた無形の財産を後世に伝えることにもつながる。形式を壊すことは心を壊すこと、心を壊すことは国を壊すことにつながるのだということを、我々は今、深く考えなくてはならない。

3　伝統が残るにはしかるべき理由がある

予年《よとし》ゆかぬ頃《ころ》、鋸《のこぎり》を使《つか》ひけるに、鋸《のこぎり》しば〳〵截《ひ》き割《わ》らんとする材《ざい》に咬《く》はれて前《まえ》へも後《あと》へも動《うご》かずなる事《こと》の有《あ》るをいと悶《もど》かしく口惜《くちお》しく思《おも》ひければ、或《あ》る時工人《ときこうじん》と雑談《ざつだん》しける因《よし》に、鋸《のこぎり》といふものは其《そ》の歯《は》もて材《ざい》を截《き》るなり、長《なが》ければ歯《は》を増《ま》す故《ゆえ》に長《なが》さは如何《いか》ほども長《なが》かるべし、幅《はば》は用無《ような》きに近《ちか》し、幅濶《はばひろ》きがために摩擦《まさつ》もおのづから多《おお》く力《ちから》も空《くう》に費《ついや》すべく、かつ又材《またざい》に咬《か》まれて困《こん》ずる事《こと》おほし、幅狭《はばせま》く造《つく》りたらば宜《よ》かるべきを、と云《い》ひければ、工人腹《こうじんはら》をか丶へて大《おおい》に笑《わら》ひ、鋸《のこぎり》の材《ざい》を截《き》るは如何《いか》にも歯《は》の働《はたら》きなり、されど其《そ》の幅《はば》もまたいと大切《たいせつ》なり、漸《ようや》く截《き》り込《こ》むに及《およ》びて幅《はば》といふもの丶有《あ》りて鋸《のこぎり》を右《みぎ》にも傾《かたむ》かしめず左《ひだり》にも傾《かたむ》かしめざればこそ眞直《まっすぐ》に深《ふか》く截《き》り込《こ》むことの易《やす》きなれ、さればいよいよ深《ふか》く切《き》る事《こと》を主《しゅ》とする鋸《のこぎり》はいよ〱幅潤《はばひろ》く造《つく》るなり、木挽《こびき》の用《もち》ふるものを見《み》て知《し》り玉《たま》へ、鋸《のこぎり》のみにはあらず、凡《おそ》そ刃物《はもの》は皆其《みなそ》の刃《は》にて物《もの》を截《き》るには違無《ちがいな》けれども特《とく》に幅潤《はばひろ》く造《つく》れるものは皆其《みなそ》の幅《はば》の助《たす》けをもて歪《ゆが》まで深《ふか》く切《き》り込《こ》むことを得《う》るなり、疊庖丁煙草庖丁豆腐庖丁皆同《たたみぼうちょうたばこぼうちょうとうふぼうちょうみなおな》じ、之《これ》と反對《はんたい》に鋸《のこぎり》の中《うち》にても丸《まる》き孔《あな》などを截《ひ》き明《あ》くるに用《もち》ふる引廻《ひきまわ》しといふは、右《みぎ》にも左《ひだり》にも自由自在《じゆうじざい》に屈曲《くっきょく》して截《き》り込《こ》み得《う》る爲《ため》に其《そ》の幅《はば》いと狹《せま》く造《つく》りあるなり。

且幅《かつはば》は長《なが》さを支《ささ》ふ、幅無《はばな》ければ長《なが》き能《あた》はず、それのみならず幅《はば》あればいつまでも目《め》の磨《す》り込《こ》みに堪《た》へて自《おの》づから永《なが》く用《よう》に立《た》つべし、此等《これら》の利皆《りみな》いづれも輕《かる》からぬを知《し》りたまはで、鋸《のこぎり》の形《かたち》の論《ろん》など仕玉《したま》ふは甚《はなは》だ所以無《いわれな》しと諭《さと》し呉《く》れたりき。其後《そのご》ひそかに考《かんが》ふるに、實《じつ》に何事《なにごと》にも一《ひと》わたりの論《ろん》より云《い》へば用《よう》無《な》きがごとくにして、其《そ》の實大《じつだい》なる功《こう》をなすことあるもの少《すく》からぬを覺《おぼ》え、鋸《のこぎり》の歯《は》のみを大切《たいせつ》なるものと思《おも》ふやうなる考《かんが》へは年年《ねんねん》に薄《うす》らぎ薄《うす》らぎぬ。
（『靄護精舎雑筆《あいごしょうじゃざっぴつ》』「鋸《のこぎり》」より）

結論を急ぐな、時間をかけないとわからないこともある

露伴がまだ若い頃に「鋸《のこぎり》は歯で切るのだから長ければ長いほうがいいと思うが、幅は狭いほうが使いやすいのではないか」と大工に尋ねたところ、大工は「歯は大切だが、幅も非常に重要なんだ。幅があるから傾かずに真直ぐ切れる。幅がなければ、いくら長くても役には立たないよ」と露伴に教える。それを聞いて「何事でも一応の理屈からいえば用がないようであるけれど、その実、大きな役に立つものが少なくなくあるのだ」ということに気づいたという話である。

確かに伝統などというものは、そのときどきの理屈からいうと滑稽に思え、いらないと考えられるが多いものである。鋸の歯のことでいえば、「鋸は歯で切るのだから、

なるべく細く長くするほうが切りやすいのではないか。幅があればそれだけ摩擦熱も多いし、力もいるじゃないか」というのが一応の理屈である。しかし、さらに深く考えれば、なるほど、あるべき理由があって鋸はあのような形をしているのだということがわかってくる。この話を読むと、我々が世の中の伝統や習慣を議論するときに、いかに鋸の歯のような議論していることが多いかということがよくわかる。

伝統の是非についての議論が最も鮮明に闘わされたのは、フランス革命前後のイギリスのバークとフランスのルソーなど革命家たちとの考え方の対立である。バークとその系統を引くイギリスの伝統的な考え方は「伝統というものは先祖からやってきたもの」とする。それがどういう理由によって伝統となったのか、すでにわからなくなっているものもあるが、「今いいものは尊重すべきである」というところを起点として彼らは考えるのである。これに対してルソーの系統の考え方は「今の理屈に合わないものはなくしてしまえ」という発想であった。そして、両者は真っ向から対立していたのである。

戦後の日本でも、鋸は歯があればいいではないかという議論が多かったように思う。

長く続いてきた制度を廃止することによってどのような影響が起こるかということがほとんど考慮されないまま決められた法律も数多い。

近い例では靖国神社の話がある。政府は靖国神社の代わりに新たに国立墓苑のような施設をつくり、隣国の首相も心置きなく参拝できるようにしたいといっている。近隣外交を思慮するならば、確かに理屈としては韓国や中国の首脳が参拝してくれたほうがいいのかもしれない。しかし、さらに深く考えれば、そのような墓苑を遺族や普通の日本人が参拝したい気になるかどうかは疑問である。なぜならば、戦死した人のほとんどは、死んだら靖国神社に祀るという契約の下で戦死しているからである。靖国神社の性格を変えるということは、いうなれば契約に違反するということである。政府が国民との契約を守らないとなれば、将来国難が起こったとき、国のために死のうとする人がいるかどうかということも考えてみなければならない。これは時間がかからないとわからないことであるが、それだけに安直に結論を出すべき問題ではないと私は考える。

このあたりのことをノーベル賞を受けた経済学者ハイエクはこのようにいっている。

「うんと時間がかかからないとわからないことが世の中には非常に多い。合理的なものは文明として残っているし、役に立たないものは自然に滅びる」。非常にうまい表現である。無理につぶさなくとも不要なものは自然に淘汰されるというわけである。先に述べたように、現在の日本の少子化、私の言い方をするならば〝孫ゼロ化〟というのは、日本の家族制度を法律によって強引に破壊したことから生じている。確かに家というものは非常に重苦しいものである。それこそ島崎藤村以来、家の重荷というものは小説の最大のテーマであった。家がなかったらどれだけすっきりするだろうと多くの人たちが感じてきた。しかし、家がなくなった状況の日本を日本人はまだ見たことがない。おそらく三十年後には見るかもしれない風景が、今ようやく見え始めてきているのである。こうなってしまったのも、今まで世の中にいかに露伴の鋸の歯のような議論が多かったかということであろう。

チェスタトンは『オーソドクシー（正統）』という本の中で次のように述べている。

「現在生きている人の過半数の意見で決めるデモクラシーは横のデモクラシーというものである。一方、すでに死んだ人や子孫のことまで考えるデモクラシーは縦のデモクラシーである。そして今、先祖が生きていたらどう考えるかということを考慮に入れるのが伝統というものである」

チェスタトンがいっているのは、伝統というのは反デモクラシーと位置づけられるものではなく、縦につながったデモクラシーなのだということである。

露伴の話にある鋸の幅が広いのも縦につながった伝統であって、そうしなければ木が切れないということから生じているものである。これは何も伝統を固持する意味でそうしているわけではなく、極めて合理的な考えからそうなっているわけである。残るべくして残っていることなのである。これは浅薄な考えから伝統を軽んじることは慎まなければならないということをわかりやすく教えてくれる教訓であるといえるだろう。

4　なぜ日本に犠牲的精神が失われてしまったのか

多《おお》くの人々《ひとびと》が犧牲《ぎせい》となる者《もの》を賞美《しょうび》するのは事實《じじつ》である。それと同時《どうじ》に、自《じ》己《こ》が犧牲《ぎせい》となることを敢《あえ》てせぬのも事實《じじつ》である。甚《はなは》だ中正《ちゅうせい》を缺《か》くの言《げん》で、言《い》はざらんと欲《ほっ》するの言《げん》ではあるが、犧牲《ぎせい》を得《え》んと欲《ほっ》すれども犧牲《ぎせい》たるを欲《ほっ》せぬといふが如《ごと》き人《ひと》が、世間《せけん》に多《おお》くはあるまいか。妻《つま》には吾《わ》が爲《ため》の犧牲《ぎせい》になつて貰《もら》ひたい、然《しか》し自分《じぶん》は何《なん》の爲《ため》の犧牲《ぎせい》にもなりたくは無《な》い、奴婢《ぬひ》や管下《かんか》の者《もの》には犧牲《ぎせい》になつて貰《もら》ひたい、然《しか》し自分《じぶん》は自己《じこ》の事業《じぎょう》にも職分《しょくぶん》にも責務《せきむ》にも犧《ぎ》牲《せい》となることは御免蒙《ごめんこうむ》りたい、といふが如《ごと》き人《ひと》が多《おお》くはあるまいか。

本來犧牲《ほんらいぎせい》といふものは神《かみ》に獻《けん》ずるところのものである。神《かみ》といふ者《もの》は不明《ふめい》不定《ふてい》の性質《せいしつ》を有《ゆう》してゐるものである。

時代《じだい》の信仰《しんこう》に甘従《かんじゅう》して、橘媛《たちばなひめ》は日本武尊《やまとたけるのみこと》の爲《ため》に海神《かいじん》の犧牲《ぎせい》となられた。當面《とうめん》の犧牲《ぎせい》の受納者《じゅのうしゃ》は海神《かいじん》であつた、尊《みこと》では無《な》かつた。然《しか》し日本武尊《やまとたけるのみこと》が橘媛《たちばなひめ》の海《うみ》に入《はい》るを甘《あま》んじ玉《たま》は無《な》かつたことは明々白々《めいめいはくはく》である。海神《かいじん》にして形《かたち》を現《あら》はしたらむには尊《みこと》が劍《けん》を揮《ふる》つて之《これ》を斫《き》つて捨《す》て玉《たま》ひたらんことは明々白々《めいめいはくはく》である。

人《ひと》を犧牲《ぎせい》とすることは惡《にく》むべきことである。世《よ》に暴慢至極《ぼうまんしごく》の者《もの》があつて、自己《じこ》より劣《おと》れる者《もの》をば犧牲《ぎせい》とすることは差支無《さしつかえな》いやうに思《おも》つてゐるのもある、其《そ》の心狀《しんじょう》の惡《あく》なること、言《げん》を待《ま》たぬところである。これは卽《すなわ》ち强盜思想《ごうとうしそう》である、暴君思想《ぼうくんしそう》である、野獸思想《やじゅうしそう》である、極端《きょくたん》に辯護《べんご》しても猛將思想《もうしょうしそう》である。

要《よう》するに人《ひと》が自《みず》から犧牲《ぎせい》となるのは人《ひと》の最大自由《さいだいじゆう》である。人《ひと》が犧牲《ぎせい》を收《おさ》むる權利《けんり》は無《な》い、人《ひと》を犧牲《ぎせい》とする權利《けんり》は猶更無《なおさらな》い。犧牲《ぎせい》となるのは好《よ》いが、正《ただ》しさの加《くわ》はらぬ時《とき》は無意義《むいぎ》に近《ちか》い。

（『修省論《しゅうせいろん》』「犠牲《ぎせい》となる事《こと》の是非《ぜひ》、犠牲《ぎせい》とする事《こと》の是非《ぜひ》」より）

犠牲は強いるものであってはならない

「犠牲になることの是非」を考えるとき、私は先の戦争のことを思わざるを得ないのである。とくに特攻隊のような自ら国のために犠牲になった人たちのことを考えるのである。特攻という行為は非常に尊いことである。人間として最も崇高な行為といってもいい。ところが、これは最も下劣なこととも結びつく行為でもある。ここで下劣というのは、その特攻を命じた人間の下劣さということである。つまり、指令する立場の者が若い人たちに犠牲になることを簡単に要求するのは、人間として最低の堕落した行為であると思うのである。露伴もいっているが、自ら進んで犠牲になろうとするのは最も崇高な行為である。しかし、それを要求することは最も卑劣な、最も下劣な行為なのである。

露伴はこれについて女性の結婚について言及している。女性が結婚して自分の主人のために犠牲になろうと考える。これは昔のことであって今は随分変わってしまっているが、かつては「女というのは主人のために仕えて、身を粉にしてでも夫を出世させるべきである」と学校で教えていたし、あるいは学校以外でもそう教える人がいた。そのため、女性はそういう覚悟を持って結婚をしたのである。この覚悟は非常に崇高なものであると思う。ところが、夫が「女は夫の犠牲になるべきである」というならば、これはとてつもない暴君になってしまう。

このように、犠牲というのは一番崇高なものと一番下劣なものが表裏一体になっていて、立場によってすぐ変わるものである。それゆえに、犠牲の是非を考えることは非常に難しいのである。

露伴は弟橘媛《おとたちばなひめ》の例も挙げる。日本武尊《やまとたけるのみこと》が今の三浦半島あたりから房総半島に渡るときに急な嵐があって船が沈みそうになった。当時の信仰として、誰かが犠牲になって海の神の怒りを鎮めなくてはならない。そこで弟橘媛は「自分が犠牲になりましょう」といって海に飛び込む。そのとき弟橘媛は、かつて自分が賊軍に焼き殺されそうになったときに、日本武尊が草薙《くさなぎ》の剣で草を刈って助けてくれたことを思い出しつつ飛び込むのである。これは日本武尊が命じたことではない、ということを露伴は指摘する。もし日本武尊が命じたのなら、日本武尊は嫌な男になってしまうが、弟橘媛が自ら進んで行った行為であるから尊いのである。

こうした例と同様、自ら進んで特攻に出ようという人はこの上なく尊いのだが、実際には、それを計画し、上からの命令にしてしまった人たちがいるのである。最近そういう上層部の人間を訴えた人が本を出したが、その心情はよくわかる。そこで問われているのは、なぜ特攻隊のように必ず死ななければならない人間を何千人も送り出してまで戦わなければならなかったのか、ということなのである。それは一番上の人たちが和平交渉をするのが嫌だったからに他ならない。負けることがわかっている状況下、本来ならばそれに責任を持つのが上の人の務めである。しかし特攻隊でやらせようというのは、その責任をとるのが嫌だったから、どこまで行けるかやってみようというような話である。これはある意味ではエゴイズムの最たるものである。「戦争をやめようとしたら国内でテロが起こるかもしれない」などというのは言い訳であって、自分が臆病だったということでしかない。

犠牲というのは本当に紙一重で、崇高と下劣のどちらにも変わるものである。たとえば「会社のために犠牲になろう」という人がいる会社は素晴らしい会社であると思う。しかし、会社が社員に「犠牲になってくれ」というとするならば、これはよくない会社だと思うのである。「自分は犠牲になってもいい」という人が続々と出るような国は非常に強いが、国民に犠牲を強いて平気な国は駄目な国だと思うのである。

この点で私は明治の指導者たちと昭和の指導者たちは非常に対照的であると考える。日露戦争というのは、陸軍の規模で十倍も違っていた大国ロシアとの大戦争であった。指導者たちはそのことをよく理解していた。それゆえ、戦争が終わると、ロシアの捕虜になった人も、捕虜にならずに帰ってきた人も、作戦に従事した人に対してはすべて同じ勲章を与えたのである。明治の偉い指導者たちは、日本人に優しかったのである。それがわかっていたからこそ、自ら犠牲になることを厭《いと》わない人がたくさんいたのであろう。なんの名誉もなく殺される可能性のあるスパイを志願する人ですら多かったのである。

ところが昭和の指導者たちは、捕虜になった兵士を殺してしまうのである。捕虜になったというだけで、生きて帰ってきても自殺せざるを得ないように追い込んでしまうのである。

こういう例がある。太平洋の戦争のとき、一機の重爆撃機が行方不明になった。司令部は搭乗員は死んだものと考えて、そのように発表した。ところが飛行機はうまく不時着をして、搭乗員たちはジャングルの中を歩いて基地まで戻ってきた。普通ならば「よく帰ってきた」と喜ぶものだが、司令官は「お前たちはもう死んだんだ」というのである。そして戦死したのだからそのとおりにしてもらわなくてはならないと、激戦地に彼らを投入するのである。ところが、その人たちは運が強くてなかなか死なない。そこで最後には、護衛機をつけずに爆撃機に乗せて出撃させるのである。これは実質的に彼らを殺したに等しい行為である。こんな愚かなことをやった人が指導者クラスにいたのである。今の日本に国のために犠牲になろうという人が少なくなった理由は、こういうことに端を発した指導者への不信が根底にあるからではないかと私は思うのである。

アメリカでは国のために死のうという人間が意外に多かった。たとえばミッドウェーの海戦のときに、日本の空母めがけて魚雷を搭載した雷撃機が次から次へと飛来した。雷撃機というのは速度が遅いから標的となりやすい。ミッドウェーでは戦闘機の護衛もなく、いわば丸裸同然の状態だったが、それでも雷撃隊員たちは臆することなく突っ込んできたのである。結果的に雷撃機は空母にダメージを与えることもなく零戦によってほとんど撃墜されてしまうが、零戦が雷撃機を落とすことに躍起になっている間に、守りが手薄になった上空から急降下爆撃機が襲来し、日本の航空母艦は四隻とも沈められてしまうことになる。これによってミッドウェー海戦はアメリカの勝利に終わるのである。

ハーマン・ウォークという作家が太平洋の戦争を題材に『戦争と記憶』という大小説を書いた。これは司馬遼太郎の『坂の上の雲』に匹敵するような壮大な小説である。ハーマン・ウォークは、その小説の中のミッドウェー海戦の場面に、雷撃隊に所属していた人たちの本名と位と出身地をすべて並べている。この人たちの犠牲があったからこそミッドウェーで勝てたといって敬意を表しているのである。確かに、ミッドウェーでアメリカが負けていたら、アメリカは戦争そのものにも負けていた可能性が高い。ミッドウェーで負ければ、アメリカ陸軍は本土防衛のためにカリフォルニアに集結しなくてはならなかったはずである。そうなるとヨーロッパに兵隊を送る余裕はとてもなかったろう。アメリカ軍がヨーロッパ戦線に投入されることがなければ、ヒトラーが負けることもなかったに違いない。ハーマン・ウォークはそういう見地から雷撃隊に対する感謝の意を表しているのである。犠牲になった人に尊敬の念を捧げているのである。

アメリカ軍は特攻隊のようなことはもちろんやらない。非常に兵隊を大切にした。それがわかっているから、兵隊たちが進んで護衛のない雷撃機に乗ることを志願したのである。実に大したものである。これに対して日本のほうは無理に犠牲を強いてしまった。犠牲を強いたのは、もう負けるとわかっていながらも戦争を続けようとした上層部の判断である。また、彼らは国民も犠牲にした。本土決戦という発想は、国民は皆死んでも構わないから戦おうということである。何のためにそういうことをしようとしたのかといえば、それは国民のためではなく、自分たちのためだったとしか考えられない。そういう人が指導者になっていたということは、日本にとって実に不幸なことだったと思う。

その呪《のろ》いが今も日本にはあって、進んで国のために犠牲になろうという人が少なくなってしまったのではないだろうか。自ら犠牲になるどころか、靖国問題でもわかるように、国のために犠牲になった人に敬意を払うことにすら嫌悪感を持つ人が出てきている。これは由々《ゆゆ》しきことである。

かくのごとく、犠牲というものは非常に難しいことである。露伴がいうように、犠牲は本来は神に捧げるものであって、崇高なものである。しかし、崇高なものほど、その極として一番残酷、一番醜悪になりかねないものでもあるのである。

5　自己責任の時代とは「修養の時代」である

一人《いちにん》の私《わたくし》は氣質《きしつ》なり、氣質《きしつ》の偏《かたよ》りたるを撓《た》むる工夫《くふう》を知《し》らざるを、生《うま》れだちのまゝの人《ひと》といふ。惡《みにく》しとにはあらざれど、さてそれにては世《よ》の困《こま》りものなり。また自己《おのれ》が氣質《きしつ》を撓《た》めんともせざるを横著《おうちゃく》ものといふ。

氣質《きしつ》のまゝにするを可《よし》とするは猶可《なおか》なれども、やがて其輩《そのやから》は慾《よく》のまゝにするをも可《よし》とするに至《いた》らんとする傾《かたむ》きあること毎々世上《つねづねせじょう》に見《み》かくるところなり。さる輩《やから》には修業《しゅぎょう》といひ工夫《くふう》といふことも既無益《はやむえき》のものゝやう見做《みな》さるゝ習《ならい》なることそ餘《あま》りに人《ひと》らしくも無《な》くて口惜《くちおし》けれ、と我《わ》が師事《しじ》せし人《ひと》の幾度《いくど》と無《な》く説《と》き聞《き》かせたまひしを、此頃《このごろ》いと身《み》にしみて思《おも》ふ折多《おりおお》し。

（『靄護精舎雜筆《あいごしょうじゃざっぴつ》』「氣質《きしつ》」より）

世界は修養の時代に回帰し始めている

「偏った気質を直す工夫をしない人を〝生まれたままの人〟といい、自分の気質を変えようとしない者を〝横着者〟という」と露伴はいう。そして、「最近は自分勝手なことをしてよしとする者が増えたし、修業や工夫をすることが無益なことのように見なされるようになってしまった」といって嘆く。この露伴が現代の日本を見たら、どのようにいうことであろう。

昨今「修養」という言葉がすっかり聞かれなくなっている。かつてはそうではなかった。「はじめに」で述べたように、かつては露伴の著作の中でダントツに売れた本は『努力論』や『修省論』のような修養書であり、新渡戸稲造の一番重要な本は『修養』であったのである。また、仏教界でも加藤咄堂などが『修養論』という本を書いていた。明治から大正にかけての日本人は修養ということに大変熱心であったのである。しかし、ここでいうように、それでもなお日本人には修養が足りないと露伴は感じていたわけである。

明治開国以来、日本に一番影響力のあった本のひとつは福沢諭吉の『学問のすゝめ』であり、もうひとつはサミュエル・スマイルズの『自助論《セルフ・ヘルプ》』を中村正直が翻訳した『西国立志編』であるといわれる。『自助論』が当時の大ベストセラーになったということは、いかに日本人が自分で自分を助ける工夫の必要性を知っていたかということでもある。また戦前の講談社（大日本雄辯會《ゆうべんかい》講談社）の大ヒットは十二巻からなる『修養全集』であった。

そのような修養というものの概念が今、どんどん消えていっている。私はそのプロセスについて、カール・ヒルティの研究をしているときに気がついた。それについては『ヒルティに学ぶ心術』（致知出版社）にまとめたが、ヒルティもかつては日本の最高のインテリたちに読まれ、大学ではヒルティをドイツ語の時間に読むというのが戦前からの名門校の習慣であった。それがいつの間にか大学では一切読まれなくなってしまうのである。

それはなぜなのか。この疑問を解く鍵は『幸福論』の戦後版の注釈にあった。そこには、ヒルティが社会主義を重んじないことを「ヒルティの限界だ」と書いてある。この一文を目にしたとき、私はわかった感じがしたのである。

戦後ある時期から、日本の主流を形成する思想は社会主義一辺倒になっていった。大学から広まって一般の制度に至るまで、すべてが社会主義のほうへと流れていった。社会主義というのは、一言でいえば「人のやっていることをあてにする」制度である。自分は何もしなくても年金がもらえる、病気になってもあまり金がかからない、失業しても失業保険があるというように、自ら努力して獲得するのではなく、困ったときには誰かの助けを期待しようという制度である。社会に欠けているものを社会政策で補おうとするのは悪いことではないが、社会主義は他のものを犠牲にしてそれをやろうとする。そうすると、社会主義の理想というものが元来はあったにしても、その具体的なところはすべて人まかせになる傾向があるわけである。

この社会主義への流れが、ヒルティが疎んじられるようになった大きな要因であることに私は気づいたのである。こうした流れが形成される前は、ヒルティにしろ露伴にしろ本多静六にしろ、自分で自分のことをしなくてはならない、すなわち自分を高めるより仕方がないという考え方が主流であった。修養という概念が強くあった。系統からいえば『自助論』の系統の思想が強かったのである。

ソ連が解体して社会主義の限界が見えたということで、現在、欧米の先進国では再び自分自身を頼りにするという思想が強く出てきている。先進国の中では日本だけが遅れているように見える。もちろん今後も社会政策の必要性はあるだろう。しかし、根本的には、自分を高めて自分で工夫することが生き方の中心になる世界に戻るのではないかと私は予想している。

国に頼りきった制度が究極的にどこに行き着いたか、我々は解体したソ連や東ヨーロッパを見て、あるいはポル・ポトや毛沢東の人民共和国や金父子の北朝鮮を見てよくわかったのではないだろうか。他人に頼り、国に頼っても、それではやっていけないことに気づいたはずである。そうした時代の流れを感じながら露伴の言葉を読むと、そこには新たな現代性が生まれているように思う。露伴は古びた過去の人間などではない。これからの先行きの見えない時代に灯りをともしてくれる最高の道案内人なのである。

おわりに——修養の時代の復活

社会主義とはなんだったのか

この十数年間で最大の事件をひとつ挙げよといわれれば、私は躊躇《ちゅうちょ》なくソ連の崩壊を選ぶ。ソ連の崩壊は百五十年間にわたって続いていた大きな世界的な争いについに決着をつけた歴史的な出来事であった。

そもそもの始まりは十八世紀半ばのイギリス産業革命にあった。産業革命によって工場がつくられ、生産力は急速に向上した。そこで初めて、貧富の差というものが人々の意識の中に芽生えたのである。産業革命以前にも貧しい人はいたが、その数が圧倒的に多かったために、貧乏であることはあまり問題にならなかった。むしろ贅沢できるのは王様や貴族や、大都市のひと握りの町人にすぎず、それゆえにそういう人たちの贅沢は嫉妬《しっと》の対象とはならなかった。憧れの対象ではあったかもしれないが、自分たちがそうなれるとはとても思えなかったし、日常の中ではとくに気にならず、無視できる存在であったのである。

ところが、産業革命が巨大な富をつくりあげた。それによって、いわゆる中流階級の幅がどんどん広がっていくことになった。大雑把にいえば、イギリスでは四〇パーセント以上が中産階級となり、六〇パーセント前後が労働者階級にとどまった。この二分化は人々の中に貧富の差を意識させることになった。そのとき貧しい者たちの中にあって富める者を憎悪した男がいた。彼は自らの憎悪を理論化する頭のよさを持っていた。それがマルクスだったのである。

マルクス主義とそれに引き続く社会主義は、簡単にいえば三つの項目にまとめることができる。

第一には「私有財産は悪いものである」。したがって、私有財産の相続はさせない。

第二には「金持ちが生まれるようなものは許すべきではない」。したがって、金持ちを生み出す生産工場は全部国家管理にする。鉄道のような運輸機関もすべて国営にしてしまう。

第三には「土地の所有を認めない」。したがって、大地主から土地を取り上げ、大農場は全部コルホーズ、ソホーズにして個人のものにはしない。

この三つの考え方を柱として、個人が絶対に富めるようにしないという制度がマルクス主義および社会主義だったと思うのである。

そして、その理想は多くの貧しい人の嫉妬心に訴えるものがあった。実際に、産業革命の初期には見るに忍びないほどの貧困が生まれ、それが社会に及ぼす弊害も大きかった。貧しい人々に同情する声も高まっていた。そうした風潮の中で、持たざる人々には社会主義思想が天下の正義のように見えたのであろう。その流れのひとつの成り行きとして、イギリスでは二十世紀の初めにロンドン・スクール・オブ・エコノミクス・アンド・ポリティカル・サイエンス（ＬＳＥＰ）ができる。創立者のウェッブ夫妻は、社会主義的な立法行政を行える人を育成するという明確な目的を持ち、ＬＳＥＰ、のちのロンドン大学経済学部をつくったのである。そして、そこに入っていった人たちが、その後の労働党の主流になっていくのである。

一方、マルクスの考え方は一九一七年のロシア革命の引き金ともなった。これは大変な大革命であった。それまでの価値観をすべて引っ繰り返し、大地主など莫大な私有財産を持つ者は皆殺しにされた。さらに、それが強大な国になりつつあるということが人々に大きな衝撃を与え、その影響力はまたたくまに世界中に波及した。

ロシア革命の影響を受け、日本でも社会主義の力が急速に強くなってきた。当時日本の社会主義の中心になったのは、軍隊を巻き込んだ右翼である。右翼というのは皇室を崇めるという立場をとり、モスクワとは正反対の立場にあるが、右翼団体が唱えていたのは紛れもなく社会主義であった。大川周明にしろ北一輝にしろそうである。北一輝などは自ら純正社会主義を名乗っていたほどである。そして、彼らの社会主義思想に巻き込まれた青年将校たちが五・一五事件や二・二六事件を起こす。それをひとつの端緒として、日本の政治は社会主義思想と寄り添いながらどんどん戦争のほうへと傾いていくのである。

戦争中には配給制度がとられるなど、極度の社会主義が見られた。地代家賃統制法という勅令が出され、「家賃や小作料を勝手に上げてはいけない」「家賃や小作料を納めない人を追い出してはいけない」などが決められた。これは一例にすぎないが、私有財産の尊厳を損なうような法律が次々にできたのである。それが戦後の日本でもずっと続いてきたといっていいだろう。

社会主義の影響を一番受けなかったのはアメリカの共和党である。共和党があったために、社会主義の影響を受けていた民主党にも歯止めがかかっていたといってもいい。そのため、アメリカは国としても社会主義の影響を受けることが少なかった。自ずとアメリカは自由主義陣営の先頭に立つことになった。また、ヒルティのいたスイスも社会主義の影響をあまり受けなかった国のひとつである。

このようにして世界はソ連を中心とする社会主義とアメリカを中心とする自由主義という二つのイデオロギーによって染め分けられていくことになったのだが、この戦いにどちらが勝利を収めるのかは長らく見定めにくかった。事実、ソ連が崩れる十年ぐらい前の世界の人口を見ると、ソ連の勢力圏が過半数を占めていたほどである。しかし、戦火を交えることなくソ連が瓦解したことによって、一挙に社会主義の理想は夢物語であることが明らかになったのである。

実際、社会主義は何ももたらさなかった。ソ連が崩壊したあとに残ったのは二流の武器と非効率的な官僚制度だけだった。ソ連という国は元来豊かな国である。金の産出量は世界一、石油もアラビア並みの産出量を誇る。森林資源は無限で、広大な農作地もある。それにもかかわらず、なんら国民を豊かにしなかった。同じことは東ドイツでもいわれるし、ブルガリア、ハンガリー、ルーマニアでもいわれる。ルーマニアは石油を産出し、豊かな国だと思われていたが、本当に何も残らなかった。せいぜいチャウシェスクが国民を奴隷に使ってつくった金の風呂が残った程度である。

こうした社会主義国家の現実は、社会主義が人間を幸福にしないことを世界中に知らしめた。そして、二つのイデオロギー対立に明確な決着がついたのである。今、社会主義が影響力を保持しているのは、日本の大学と日本の国会ぐらいのものであって、それ以外はすべて一掃されてしまったといってもいいだろう。

再び脚光を浴びるスペンサーの思想

そして今、世界は社会主義が盛んになる前の時代に戻ったのである。では、社会主義以前の主たる思想にはどういうものがあったのか。それはスペンサーの思想であり、サミュエル・スマイルズの思想である。スペンサーは社会進化論を唱えた人である。彼が唱えたのは、優れた制度と劣った制度が衝突すれば必ず優れた制度が残るという適者生存、優勝劣敗の思想であった。これが当時の世界では当たり前の思想だったのである。

日本が鎖国を破って近代に突入したとき、日本の思想界にはマルクスの影響はほとんどなかった。日本でマルクスの影響が強まるのはロシア革命以後のことである。では、当時の日本に影響のあった思想とは何かといえば、このスペンサーの思想だったのである。

スペンサーの思想は明治維新の政治家たちにとってとてもわかりやすいものであっ

た。彼らはスペンサーの思想から次のようなことを学びとった。国力が劣っていれば植民地にされてしまう。劣った民族は奴隷にされてしまう。それは当時のシナやインドネシアやインドシナやインドの惨憺たる状況を見れば一目瞭然であった。だから、強くなければ駄目なのだ、近代社会に適応しなければ駄目なのだ、適応して西洋に追いつき、そして西洋を追い越さなくては駄目なのだ、と考えたのである。それが富国強兵、殖産興業という明治の主要思想の土台となったのである。

つまり、明治の日本を形づくった思想は、基本的にスペンサーの思想なのである。スペンサーの思想に従って国力の充実を図ったからこそ、日本はアジアで唯一、自力で近代国家になることができたのである。時代の流れに適応し損ねた当時の朝鮮は日本に併合されることになったし、清は列強に食い荒らされ、インドは植民地にされてしまった。そして、それ以外のアジアの国々もみな同じ運命をたどることになった。明治の指導者たちは、あるいはスペンサーの名前は知らなかったかもしれない。しかし、その思想を実感として理解していたことは間違いない。

また、普通の人々もスペンサー的な世界で自己の世界を打ち立てて成功しようとした。成功というのは、必ずしも大臣になることでもなければ、実業家になることでも大金持ちになることでもないが、自ら修養して、それぞれの道において一仕事をして、身を立てていこうと考えた。それはサミュエル・スマイルズの『自助論《セルフ・ヘルプ》』の世界である。中村敬宇（正直）が『自助論《セルフ・ヘルプ》』を訳した『西国立志編』が当時の超ベストセラーになったことはよく知られている。福沢諭吉も『西洋事情』や『学問のすゝめ』によって、人間は生まれたときに上下はなく、その後の努力によって価値が決まるのだと説いた。こうした考え方が普通の人たちにすんなり受け入れられていたところに、明治という時代の空気を感じるのである。そして、その源にはスペンサー的な思想への理解があったと思うのである。

スペンサーの思想を最もよく体現した一人は本多静六博士である。本多博士は日本の林学の創始者であり、最初の林学博士であり、日比谷公園など多くの公園をつくったことで知られるが、同時に大金持ちにもなって多額の寄付をし、奨学金をつくった。私は本多博士の書いた本を十冊ほど読んだが、その中に社会主義を讃える言葉は一言も出てこない。本多博士はまさにスペンサーの時代に生きた人なのである。

露伴も同じである。露伴も社会主義の影響を受けない人であった。新渡戸稲造もそうであった。これらの人たちは、自己を反省し、自己の修養によって自らの価値を高めていくことしか考えなかった。社会主義という、基本的に人をあてにする思想とは正反対なのである。

『ポジティブ・シンキング』という世界的なベストセラーを書いたノーマン・V・ピールという牧師がいる。この本の中でピール牧師は、積極的な考え方を持って自分の人生を自分でよくしなさいと語りかけている。『ポジティブ・シンキング』がベストセラーになると、ピール牧師は母校に多額の寄付をした。にもかかわらず、母校から冷遇された。同じ宗派（メソジスト）であったのに、「個人のことよりも社会の不正義をただすことが大事だ」といわれ、考えを否定されてしまったのである。「いつの間にか母校は社会主義になっていた」といって彼は自伝の中で嘆いている。しかし、同じくメソジストであるサッチャーはピール牧師同様、ポジティブ・シンキングを唱えているのである。

もう一度繰り返そう。ソ連瓦解後の世界は間違いなくスペンサーの思想に戻ったといえる。それはピール牧師やサッチャーのポジティブ・シンキングの世界であり、露伴や新渡戸稲造、あるいは本多静六の修養の世界である。修養というと古臭いと思われがちだが、それが紛《まぎ》れもなく今の世界の主流なのである。それをしっかり自覚することが世界の最先端に位置するということなのである。

露伴は文字どおり修養の人であった。これという学歴もなかったのに、小泉信三博士をして「百年に一人の頭脳」といわしめ、娘の一人を全集を出すような作家に育て上げた。そして本書も、露伴がいたからこそ生まれたものである。本書は、露伴同様、独力の修養と努力によって大学教授になられた神藤克彦先生がお勧めくださった『努力論』『修省論』『靄護精舎雑筆』を私が読み、琴線に触れた部分を原文にとらわれることなく語り、所感を加えたものである。お読みになった方は、もしかすると古い話と感じられたかもしれない。しかし、これこそがこれからの未来に向けて一番新しい考え方になりうるのだということを、ぜひともご理解いただきたいと思うのである。

幸田露伴の語録に学ぶ自己修養法

平成十四年十月三十日第一刷発行
平成二十八年三月三十一日第三刷発行

著者　渡部昇一
発行者　藤尾秀昭
発行所　致知出版社
〒150-0001東京都渋谷区神宮前四の二十四の九
TEL（〇三）三七九六―二一一一
印刷・製本　中央精版印刷

ISBN978-4-88474-633-9 C0095
ホームページ　http://www.chichi-book.com
Eメール　books@chichi.co.jp